Herausforderungen

Evangelisches Religionsbuch für Realschulen 10

Herausgegeben von
Ingrid Grill-Ahollinger

Verfasst von
Ingrid Grill-Ahollinger, Martin Kugler, Michaela Kugler

Unter Mitarbeit von
Martin Westermeier

Claudius Verlag München 2022
Birkerstraße 22, 80636 München
www.claudius.de

Rechtschreibreformiert, sofern nicht urheberrechtliche Einwände bestehen.

Umschlaggestaltung: textformart, Göttingen
Umschlagfoto: © mbolina/Adobe Stock.com
Gestaltung und Typografie: Cordula Schaaf, München

Druck und Bindung: appl, Wemding

ISBN 978-3-532-70145-4

Liebe Schülerin, lieber Schüler,

ein Jahr voller HERAUSFORDERUNGEN liegt vor Ihnen: Ihre Zeit in der Realschule geht dem Ende zu. Wichtige Prüfungen und schwierige Entscheidungen stehen bevor. Und immer wieder werden Sie gefragt werden: »Und was machst du dann?«

Um wichtige Entscheidungen im Bereich des Glaubens und des Lebens wird es auch in diesem Band gehen: Welche Vorstellung von Gott habe ich und wie kann ich auf mein eigenes Leben übertragen, was die christliche Tradition über Gott erzählt? Was fällt mir aber vielleicht auch schwer zu glauben? Wie finde ich mich in der unüberschaubaren Vielfalt von – nicht immer harmlosen – Sinnangeboten zurecht? Wo hat Kirche ihren Platz in der Welt – und wo habe ich selbst darin Platz? Wie passt das zusammen: erwachsen werden, frei und mündig leben und zugleich für andere Verantwortung tragen?

Als junge Erwachsene werden Sie in diesem Buch mit »Sie« angesprochen, und auch sonst wurde manches der höheren Jahrgangsstufe angepasst:

- Anstelle eines eigenen »Spezials« mit Hintergrundinformationen finden Sie jetzt INFO -Kästen in die Doppelseite eingebettet, damit Sie gleich alle wichtigen Fakten zur Hand haben, die Sie zur Bearbeitung der Aufgaben brauchen. Weitere Erklärungen bietet wie bisher ein Lexikon, auf das das -Zeichen hinweist.
- Die neu gestalteten Aufgabenkästen bieten vielfältige Anregungen: zu selbständigem oder gemeinsamem Arbeiten, zu kreativem Gestalten und philosophischem Nachdenken, zum Umgang mit Medien, zu Austausch und Diskussion, aber auch zur persönlichen Besinnung. Dabei bildet jede Doppelseite einen Lernraum, innerhalb dessen man auswählen und sich frei bewegen kann (der Lernweg muss also nicht immer von oben nach unten bzw. von links nach rechts gehen).
- Mit diesem Zeichen sind Aufgaben gekennzeichnet, deren Ergebnisse Sie vielleicht lieber für sich behalten möchten.
- Damit Sie testen können, ob Sie mit dem Gelernten eigenständig umgehen können, gibt es jetzt auf der jeweils letzten Seite eines Kapitels zusammenhängende Aufgaben, die in der Art einer Prüfungsaufgabe formuliert sind und sich daher zum Üben eignen. Mit einem gekennzeichnet sind Aufgaben, die schriftlich in Einzelarbeit bearbeitet werden sollen, mit solche, die sich für Gruppenarbeit eignen und ggf. für mündliche Leistungserhebungen herangezogen werden können.
- Ein neues Element dieses Buches ist das . Hin und wieder sind auf den Seiten Fragen eingestreut, die zum Grübeln bringen sollen – offene Fragen, die nicht »richtig« oder »falsch« zu beantworten sind, sondern möglicherweise zu neuen Fragen provozieren. Wir hoffen, dass Sie aus dem Religionsunterricht, der manchmal als das »kleine Fach der großen Fragen« bezeichnet wird, viele große Fragen mit in ihr künftiges Leben nehmen!

So wünschen wir Ihnen für dieses Jahr Glück und Erfolg und für den Übergang in die neue Lebensphase Gottes Segen!
Ihr Schulbuchteam

Inhalt

1 **Grundvertrauen** 5
Die Frage nach Gott

2 **Gut für mich?** 33
Religiöse Sinnangebote

3 **Mittendrin** 51
Kirche in der Welt

4 **Spielräume** 71
Verantwortung übernehmen

Lexikon 97

1 Grundvertrauen

Die Frage nach Gott

Webcollage von Michael Gassner (18); das Bild wurde im Rahmen eines Wettbewerbs »Mein Gottesbild« ausgestellt.

Nach Gott fragen …

JUGENDLICHE SCHREIBEN ÜBER IHRE VORSTELLUNGEN VON GOTT

(M. Gassner erklärt sein Bild → S. 5:)
»Ausgehend vom Schöpfungsgedanken, der durch die haltende und damit in gewisser Weise schützende Hand symbolisiert wird, zeigt das Bild Gott als den Erschaffer der Welt. Durch die Augen, die in einer Wolke versteckt sind, beobachtet er »seine« Welt, ohne dabei jedoch als Person in Erscheinung zu treten. Er schaut auf die Welt und seine Bewohner herab wie ein Vater auf seine Kinder. Er greift dabei nicht in das Geschehen auf der Welt ein und gibt so seiner Schöpfung die Freiheit, sich selbst zu entwickeln. Gott ist anwesend – Hand – und abwesend – Wolke – zugleich. Die Galaxie verdeutlicht die Dimension der Weite.«

»Ich glaube an Gott, weil ich denke, dass es wichtig ist (für mich persönlich), dass man immer jemanden hat, mit dem man über alles reden oder bei dem man sich bedanken kann. Da man einfach manche Dinge nicht mit seinen Mitmenschen, seien sie einem auch noch so vertraut, teilen möchte.«
(Schülerin, 16)

»Nein, ich glaube nicht an Gott, da es keinen Beweis für ihn gibt und viele Sachen über ihn oder über die Erde, die in der Bibel stehen, naturwissenschaftlich widerlegt worden sind. Also, solange wie es keine Beweise für die Existenz Gottes gibt, glaube ich persönlich nicht an ihn.«
(Schüler, 15)

»Ich bin noch unentschlossen, ob ich an Gott glaube oder nicht. Dennoch glaube ich eher weniger an Gott, weil ich denke, dass er einfach nur eine Sage ist, die von alten Menschen immer weitererzählt wurde. Andererseits denke ich, dass etwas Wahres hinter der ganzen Geschichte stecken muss. Manchmal beneide ich jedoch die Menschen, die so an Gott glauben können.«
(Schülerin, 15)

Eine leere Tafel?

1. »Fangen wir mal ganz klein an« – deuten Sie die Karikatur und tauschen Sie sich in Gruppen darüber aus, was Sie auf die leere Tafel schreiben würden.
2. Eigentlich geht es ja im Religionsunterricht immer um Gott – erinnern Sie sich an Themen und Diskussionen der vergangenen Jahre und fertigen Sie eine Mindmap an. Sammeln Sie Fragen, die Sie im Unterricht behandeln wollen. Blättern Sie im Buchkapitel und besprechen Sie, wo Sie Schwerpunkte setzen möchten.
3. Sammeln Sie spontane Eindrücke zum »Gottesbild« auf → S. 5. Was spricht Sie an? Was wirkt fremd auf Sie? Ziehen Sie danach die Erklärung des jugendlichen Künstlers (oben) zur Deutung heran.
4. Kommentieren Sie (auf einer Kopie) die weiteren Äußerungen von Jugendlichen mit Randsymbolen (z. B. Zustimmung, Widerspruch, Anfragen). Sie können auch einen eigenen Text verfassen oder ein eigenes Bild gestalten: »Meine Vorstellung(en) von Gott / Meine Fragen an Gott«.

… ein ganzes Leben lang

INFO Wie sich Gottesvorstellungen entwickeln

Religionspsycholog*innen beschreiben, wie sich die Vorstellung von Gott im Lebenslauf entwickelt. Das beginnt schon in den ersten Lebensmonaten: Wenn ein Baby geborgen und beschützt aufwächst, kann es ein Grundvertrauen entwickeln, das durchs Leben trägt und auch Enttäuschungen standhält. Dieses prägt den Gottesglauben maßgeblich.

Mit der Entwicklung der kognitiven Fähigkeiten verändert sich auch die Art, von Gott zu denken. So wird Gott in der frühen Kindheit oft als absolute Macht empfunden, die man zu beeinflussen versucht, z. B. durch Gebete. Im Grundschulalter herrscht vielfach ein mythisch-wörtlicher Glaube vor (Symbole wie »Himmel« oder »Hölle« werden wörtlich genommen), der allmählich von abstrakteren Gottesvorstellungen (z. B. Gott als Geist, Kraft, Liebe) abgelöst wird. Jugendliche stellen überkommene Vorstellungen infrage, sie orientieren sich an Gleichaltrigen und Vorbildern. Junge Erwachsene entwickeln eine eigenständige, kritische Haltung zum Glauben, die sich im Laufe des Erwachsenenalters zu einem »verbindenden« Glauben entwickeln kann: Bilder und Symbole werden dann wieder neu wertgeschätzt, aber nicht wörtlich verstanden; widersprüchliche Aspekte des Glaubens werden ausgehalten.

Diese Entwicklungsstadien sind nicht zwingend an bestimmte Altersstufen gebunden – so kann auch ein erwachsener Mensch in einer Notsituation »wie ein Kind« beten. Auch sind die Gottesvorstellungen von Kindern nicht weniger wertvoll und »richtig« als die von Erwachsenen. Neben der persönlichen Entwicklung spielen auch das soziale Umfeld und die religiöse Erziehung eine entscheidende Rolle für die Ausprägung des Gottesglaubens.

Gottesvorstellungen im Lebenslauf

1. Stellen Sie die Entwicklung der Gottesvorstellungen im Lebenslauf (Info) grafisch dar.
2. Überprüfen Sie die Aussagen der Info an den Materialien auf → S. 5 ff.
3. Skizzieren Sie Ihren eigenen Weg »mit Gott« oder »ohne Gott«. Erinnern Sie sich dabei z. B. an Kindergebete, an Feste, an den Religionsunterricht in der Grundschule usw.

? ÄNDERT SICH GOTT, WENN ICH MICH ÄNDERE?

»Gott ist wie …« – Kinder haben Metaphern für Gott gebastelt. Annika, 1. Klasse, vergleicht Gott mit dem Frühling, »grün, bunt und schön«. Er »wohnt im Menschen drin und überall«. Markus, 5. Klasse, hat einen Briefumschlag gefaltet: Gott ist für ihn »unsichtbar, wie die Luft im Briefumschlag«.

»Gott« sagen

»GOTT ÜBER DER WELT SAGEN« – EIN VERSUCH

Der Theologe Christoph Bizer hat einmal ein Experiment vorgeschlagen. Dazu muss man nicht an Gott glauben oder sich sicher sein, dass es »ihn gibt«. Man kann einfach einmal ausprobieren, was passiert, wenn man bewusst »Gott« sagt und dieses Wort mit Dingen, die man wahrnimmt, oder mit Situationen, die man erlebt, in Zusammenhang bringt. Das kann der Obstbaum im Garten sein, die Mitschülerin, mit der man Zoff hat, die Note in der letzten Mathearbeit ... Ändert sich etwas? Erscheinen die Situationen in einem neuen Licht? Entstehen neue Gedanken und Fragen? Wie lässt sich das ausdrücken? Mit Worten oder vielleicht mit Farben und Formen?

Alltägliches

1. Absicht oder Zufall? Beschreiben und deuten Sie das Bild.
2. Den meisten ist nicht bewusst, wie oft sie im Alltag von Gott sprechen. Ergänzen Sie die Zitate (unten) durch weitere Redensarten und Grußformeln.
3. Probieren Sie doch einmal, solche Redensarten wörtlich zu nehmen: Wie würde sich z. B. eine Begrüßung verändern, wenn man bewusst »Grüß Gott« sagt? Erfinden (und ggf. spielen) Sie kurze Dialoge.
4. Auch C. Bizer schlägt (im Text links) ein Experiment vor. Probieren Sie es an einem Beispiel aus dem Alltag aus.

» Gott sei Dank

» Grüß Gott

» OMG
(Abkürzung für: O my god!)

» O my gosh
(jugendsprachlich für O my god)

» Tschüs
(von lat. ad deum – zu Gott, ebenso fränk. ade oder franz. Adieu)

» Pfüat di
(bayr.: Behüt dich Gott)

» Um Gottes willen

Gott beim Namen nennen

? WÄRE SCHWEIGEN DIE BESSERE LÖSUNG?

HAGAR GIBT GOTT EINEN NAMEN (NACH 1 MOSE 16)

Da Abrahams Frau Sara bis ins hohe Alter keine Kinder bekommen hat, schlägt sie Abraham vor, ihre Sklavin Hagar als Nebenfrau zu nehmen. Hagar wird schwanger, was zu Eifersucht zwischen den Frauen führt. Darauf flieht Hagar in die Wüste. Dort wird die verzweifelte Frau von einem Boten Gottes aufgesucht, der ihr die Geburt Ismaels und reiche Nachkommenschaft verkündet und sie ermutigt zurückzugehen.

Hagar erkennt in dem Boten Gott. Sie gibt ihm den Namen »El Roi«, das bedeutet: ein Gott, der (mich) sieht.

Einander beim Namen nennen

1. Sich jemandem vorstellen – aufgerufen werden – jemandem (oder etwas) einen Namen geben ...: Tauschen Sie sich über Situationen aus, in denen Namen wichtig sind.
2. Lesen Sie die beiden »Namensgeschichten«, die auf dieser Seite zitiert werden (1 Mose 16 und 2 Mose 3), und ziehen Sie Verbindungen zu Ihren Gedanken aus Aufgabe 1.
3. Deuten Sie die Gestaltung von 1 Mose 16,13 auf dem Plakat (oben).
4. »Ich werde gesehen, werde wahrgenommen«: Notieren Sie Ihre Gedanken dazu.
5. Begründen Sie, welcher von den auf dieser Seite aufgeführten Gottesnamen Sie am meisten anspricht.

INFO

Der Name – die Namen

In 2 Mose 3 wird erzählt, wie Gott sich Mose im brennenden Dornbusch vorstellt: zunächst in Vers 13f. als »Ich bin, der ich sein werde« / »Ich werde sein, der ich sein werde« / »Ich bin da« (das Hebräische lässt hier verschiedene Deutungen zu), dann in Vers 15 als »JHWH«. Man weiß nicht, wie dieser Gottesname auszusprechen ist; nur die Konsonanten sind überliefert.

Das Verbot, Gottes Namen zu missbrauchen (2 Mose 20,7), wurde schon in alttestamentlicher Zeit so verstanden, dass man den JHWH-Namen nur zu besonderen Gelegenheiten und schließlich gar nicht mehr aussprach. An den entsprechenden Textstellen wird im jüdischen Gottesdienst heute: »Adonaj« (Herr) gelesen. Darüber hinaus werden im Gottesdienst auch andere Gottesbezeichnungen wie »der Ewige«, »der Heilige« verwendet.

Martin Luther übersetzt JHWH immer mit HERR. Die »Bibel in gerechter Sprache«, eine moderne Bibelübersetzung, wechselt im Text mit den Gottesnamen ab.

In der jüdischen Tradition wurde der »Name« (haSchem) geradezu zum Synonym für Gott. »Den Namen heiligen« heißt dann: ganz und gar nach Gottes Geboten zu leben, bis hin zum Martyrium.

Auch Christen beten im Vaterunser: »Geheiligt werde dein Name!«

Du
der Eine
die Heilige
der Ewige
Sie
GOTT
Adonaj
die Lebendige
haSchem
ich bin da
der Name
Er

(K)ein Bild ...

»Ständig wird fotografiert.

»Wenn ich etwas Tolles erlebe, möchte ich es mit meinen Freunden teilen.

»Viele kriegen im Urlaub vor lauter Selfies gar nicht mehr richtig mit, wo sie sind.

»Meine Eltern haben Tausende Fotos von mir. Manche sind echt peinlich.

»Immer lächeln ...

»Ich bin nicht fotogen.

»Ich habe immer ein Foto von meinem Freund dabei.

? KÖNNEN BILDER LÜGEN?

LIEBE VERZICHTET AUF BILDER

Der Schriftsteller Max Frisch überträgt den Gedanken des Bilder-Machens auf die Beziehung zwischen Menschen. In seinem Roman ***Stiller*** *wirft Julika ihrem Ehemann vor:*

»Du hast Dir nun einmal ein Bildnis von mir gemacht, das merke ich schon, ein fertiges und endgültiges Bildnis, und damit Schluss. Anders als so, ich spüre es ja, willst du mich jetzt einfach nicht mehr sehen. Nicht umsonst heißt es in den Geboten: Du sollst dir kein Bildnis machen! Jedes Bildnis ist eine Sünde. Es ist das genaue Gegenteil von Liebe. Wenn man einen Menschen liebt, so lässt man ihm doch jede Möglichkeit offen und ist trotz aller Erinnerung einfach bereit, zu staunen, immer wieder zu staunen, wie anders er ist, wie verschiedenartig und nicht einfach so, nicht ein fertiges Bildnis, wie Du es Dir da machst.«

Zur Bedeutung von Bildern

1. Tauschen Sie sich anhand der Zitate aus: Wann machen Sie Fotos? Wie geht es Ihnen beim Fotografiert-Werden?
2. Erläutern Sie Julikas Gedanken und Gefühle im Text von M. Frisch.
3. »Du bist ja immer ...« – beschreiben Sie an Beispielen, auch aus dem Bereich der Schule, Situationen, in denen Menschen voneinander »fertige Bildnisse« machen, und tauschen Sie sich über mögliche Folgen aus.

Gottesbilder

1. Interpretieren Sie das Bild (→ S. 11); berücksichtigen Sie dabei seinen Titel.
2. Beziehen Sie das biblische Bilderverbot auf die Gedanken, die Sie sich zum Fotografieren gemacht haben (Aufgaben 1 und 2 oben).
3. Sammeln Sie biblische Sprachbilder von Gott, z. B. aus den Psalmen.
4. Wählen Sie zwei unterschiedliche biblische Gottesbezeichnungen aus und bringen Sie sie miteinander in einen Dialog, z. B. »Der Kriegsherr« spricht mit dem »Hirten«.

… von Gott

Carola Faller-Barris, Waiting for God (2004); das Bild, das aus der Ferne wie eine leere Fläche mit feinen Linien aussieht, besteht, näher betrachtet, aus unermesslich vielen Schriftzeichen.

Du sollst dir kein Bildnis noch irgendein Gleichnis machen, weder von dem, was oben im Himmel, noch von dem, was unten auf Erden, noch von dem, was im Wasser unter der Erde ist: Bete sie nicht an und diene ihnen nicht!

2 Mose 20,4.5 a (aus den Zehn Geboten)

INFO

Das biblische Bilderverbot

Das zweite Gebot alttestamentlicher Zählung wendet sich ursprünglich dagegen, Bilder von Gottheiten anzubeten, wie sie im alten Orient verbreitet waren. Im Judentum, Islam und in einigen christlichen Konfessionen (z. B. der reformierten Kirche) wird das Bilderverbot wörtlich genommen und wird in Gotteshäusern ganz auf figürliche Darstellungen verzichtet. In der evangelisch-lutherischen und der katholischen Kirche wird es in einer übertragenen Bedeutung verstanden: Es verbietet, Gott auf eine bestimmte Vorstellung festzulegen, über ihn zu verfügen.

Denn wir können ja gar nicht anders von Gott sprechen als in Bildern und Vergleichen – auch die Bibel verwendet sie in reicher Vielfalt: Der Vater, die Mutter, der Kriegsherr, die Hebamme, der Hirte, der Fels, die Quelle … Doch keines dieser Bilder kann Gott fassen, Gott ist immer anders und größer als unsere Bilder von ihm.

Frei ...

Die indische Künstlerin Lucy d' Souza identifiziert hier Mirjam und ihre Begleiterinnen mit den notleidenden Frauen ihres Landes.

Da nahm Mirjam [...] eine Pauke in ihre Hand, und alle Frauen folgten ihr nach mit Pauken im Reigen. Und Mirjam sang ihnen vor: Lasst uns dem HERRN singen, denn er ist hoch erhaben; Ross und Reiter hat er ins Meer gestürzt.
2 Mose 15,20 f.

... UND DIE ÄGYPTER? – AUS JÜDISCHER TRADITION:

- Als sie die Vernichtung der Ägypter sahen, wollten die Engel einen Gesang anstimmen, aber Gott gebot ihnen Schweigen und sprach: »Das Werk meiner Hände ertrinkt im Meer, und ihr wollt singen!« (Aus dem Talmud)
- Am jüdischen Pessachfest ist es Brauch, von dem Wein, der aus Freude über die Befreiung getrunken wird, einige Tropfen zu verschütten, zum Gedenken an die ertrunkenen Ägypter und als Zeichen dafür, dass die Freude nicht vollkommen ist, solange andere Menschen leiden müssen.

? IST GOTT PARTEIISCH?

INFO **Der Auszug aus Ägypten (Exodus)**
»Ich bin der HERR, dein Gott, der dich aus Ägyptenland geführt hat, aus der Knechtschaft« (5 Mose 5,6): So beginnen die Zehn Gebote (→ S. 80). Die Grunderfahrung, durch Gott befreit zu sein, und die daraus folgende Verpflichtung, diese Freiheit auch untereinander zu bewahren, prägen den jüdischen und christlichen Glauben.
Das Lied der Mirjam (2 Mose 15,20 f.) gilt als einer der Ursprungstexte der Bibel. Von der Befreiung des Volkes Israel führt eine Traditionslinie zur Befreiung von Sünde und Tod, wie Paulus sie in Gal 5,1 beschreibt (»Zur Freiheit hat uns Christus befreit«), und zu Luthers »Freiheit eines Christenmenschen« (→ S. 75).
Im jüdischen Talmud heißt es: »In jeder Generation muss man sich so betrachten, als wäre man selbst aus Ägypten ausgezogen«. Die Exoduserfahrung wird bis heute immer wieder angeeignet und aktualisiert, überall, wo Menschen unterdrückt und in ihren Lebensmöglichkeiten beschränkt werden. So identifizierten sich zum Beispiel in den USA die afroamerikanischen Sklav*innen und ihre Nachkommen mit dem unterdrückten Volk Israel. Sie schöpften Hoffnung aus der Exodustradition und besangen sie in ihren Spirituals und Gospels.

Unsre Seele ist entronnen wie ein Vogel dem Netze des Vogelfängers; das Netz ist zerrissen und wir sind frei.
Ps 124,7

Text und Melodie: Spiritual

... wie ein Vogel

FREIHEIT IST EINER DER NAMEN GOTTES

Wenn ich meinen Glauben an Gott mit einem einzigen Wort beschreiben sollte, dann hieße dieses Wort: Freiheit. Ein großes Wort, ich weiß. Keineswegs werde ich ihm immer gerecht. Und keinesfalls hat sich die Kirche immer als ein Ort erwiesen, an dem die Freiheit lebendig ist. Und sie tut es bis zum heutigen Tag nicht. Unfreie Menschen, unfreie Christen haben allzu oft das Bild eines Gottes geprägt, den Friedrich Nietzsche einmal als »Gefängniswärter« bezeichnet hat.
Und doch halte ich daran fest: Freiheit ist einer der Namen Gottes. Ich frage mich vielmehr, was es für mein Leben bedeuten könnte, dass dieser göttliche Geist der Freiheit in mir lebendig sein will. Ich wünsche mir, dass ein grundlegendes Vertrauen mich dem Leben und den Menschen begegnen lässt. Angst und Misstrauen beengen die Freiheit. Ich weiß: Es ist oft schwer, dem Anderen zuzugestehen, einfach er selbst zu sein, so wie ich es für mich auch in Anspruch nehme. Und was das Leben, ja der morgige Tag, mir bringen wird – auch das weiß ich nicht. Das Zukünftige ist dunkel und hell zugleich, es ist ungewiss, und es enthält immer auch die Chance geglückten Lebens. Ich wünsche mir die Freiheit, mit Vertrauen in das stets neue Morgen aufzubrechen und es anzunehmen, weil mir in jedem Augenblick des gelebten Lebens der verborgene Gott begegnen will.
Thomas Broch (aus einer Rundfunkandacht, SWR, 14. Oktober 2009)

»Oh freedom ...«

1. Lesen/Wiederholen Sie wichtige Abschnitte der Exoduserzählung in 2 Mose (Sie können sich an den Überschriften orientieren).
2. Fassen Sie den Text von T. Broch (rechts) in drei Sätzen zusammen.
3. Vergleichen Sie (z. B. in Form einer Mindmap), wie in den Materialien dieser Doppelseite Befreiung jeweils verstanden wird.
4. Probieren Sie selbst, den Grundgedanken der Exoduserzählung in die heutige Zeit zu übertragen (z. B. in Form einer Zeitungsnachricht, einer Erzählung, einer Fotografie, einer Collage, einem Liedtext/Poetry Slam).

Der ehemalige Bundesligafußballer Gerald Asamoah beim multikulturellen Gospelprojekt Ruhr

»Ich glaube an Gott, den Vater ...«

Als er aber noch weit entfernt war, sah ihn sein Vater und es jammerte ihn, und er lief und fiel ihm um den Hals und küsste ihn.
Lk 15,20 b

Er sagte: » Abba, mein Vater, für dich ist alles möglich. Nimm doch diesen Becher fort, damit ich ihn nicht trinken muss! Aber nicht, was ich will, soll geschehen, sondern was du willst!«
Mk 14,36 (BasisBibel)

Er aber sprach zu ihnen: Wenn ihr betet, so sprecht: Vater! Dein Name werde geheiligt. Dein Reich komme.
Lk 11,2

Denn ihr habt nicht einen Geist der Knechtschaft empfangen, dass ihr euch abermals fürchten müsstet; sondern ihr habt einen Geist der Kindschaft empfangen, durch den wir rufen: Abba, lieber Vater!
Röm 8,15

Wie Vater oder Mutter ...

1. Schreiben Sie zu einem der folgenden Satzanfänge Ihre Gedanken auf:
   - Ein guter Vater / eine gute Mutter sollte ...
   - Eine besondere Erinnerung an meinen Vater / meine Mutter ...
   - Wenn ich einmal Kinder habe, möchte ich ...
   - Jemand, der für mich wie Vater oder Mutter ist ...
   - Von den abgedruckten Bildern spricht mich dieses am meisten an, weil ...
2. Untersuchen Sie in Gruppen die Bibeltexte, aus denen die Zitate (oben) stammen. Diskutieren Sie, welche der Vater-Bilder dazu passen.
3. Probieren Sie, ob sich etwas ändert, wenn man jeweils »Vater« durch »Mutter« ersetzt.
4. Über das Begrüßungsschild auf → S. 15 wird in der Bürgerversammlung diskutiert. Stellen Sie die Diskussion nach.
5. Tauschen Sie sich über Ihre Gedanken zur »Vision« (→ S. 15) aus. Suchen Sie biblische Anspielungen darin.

... und die Mutter

Dieses – in der Bevölkerung umstrittene – Schild stand von 2008 bis 2016 an der Autobahn Kufstein und wurde danach an einem viel befahrenen Kreisverkehr bei Innsbruck aufgestellt.

INFO **»Denn Gott bin ich und kein Mann« (Hos 11,9)**

In Christentum und kirchlicher Tradition wurde Gott traditionell mit männlichen Vorstellungen verbunden und es war selbstverständlich, von »ihm« in männlicher Sprache zu sprechen. Feministische Theologinnen kritisieren, dass eine solch einseitige männliche Rede von Gott jahrhundertelang dazu beigetragen hat, Frauen in der Gesellschaft unsichtbar zu machen und zu benachteiligen. Dabei gibt es in der Bibel auch starke »weibliche« Gottesbilder: Da wird Gott mit einer fürsorglichen Mutter verglichen (Jes 66,13), einer Gebärenden (5 Mose 32,18), einer Hebamme (Ps 22,10 f.), einer Henne (Ps 17,8 f.) oder einer Adlermutter (2 Mose 19,4). Wenn von Gottes »Barmherzigkeit« die Rede ist, so ist der hebräische Begriff gleichbedeutend mit »Gebärmutter«. »Der Geist« hat im Hebräischen weibliches Geschlecht. Vor allem aber ist es die (weibliche) »Weisheit«, die in der Bibel häufig an die Seite Gottes gestellt wird. Aber ob männlich oder weiblich: Es handelt sich um Bilder (→ S. 11), die Gott nicht fassen können, sondern die menschliche Gefühle und Beziehungen ihm/ihr gegenüber ausdrücken.

Vision

Manchmal sehe ich GOTT
in Gestalt einer alten Frau:
Ihr Gesicht – gezeichnet von Wind und Wetter –
voller Falten,
und doch irgendwie jung.
Und die Augen –
braune, lachende, kluge Augen,
voll Wärme und Schmerz.
[...]
Egal, wann du kommst,
sie begrüßt dich so,
als hätte sie gerade auf dich gewartet.
– Sie ist nie allein –
immer sind Leute da
aus allen Teilen der Erde,
ebenso Gäste wie du,
sitzen sie versammelt um ihren Tisch,
bei Brot und Wein ins Gespräch vertieft.
Alle, die kommen, haben etwas mitgebracht:
Ein bisschen Brot,
ein bisschen Wein,
ein paar gute Gedanken,
ein Lächeln und Tränen auch,
gute und schlimme Erfahrungen.
Alles ist wichtig, alles wird hier miteinander
geteilt.
Wenn du wieder gehst,
gibt sie dir immer etwas mit auf den Weg:
ein Wort, das dich nicht loslässt,
dich begleitet.
Weil es dir gilt.
Manchmal ist sie zu finden, GOTT,
nicht erst im Himmel,
sondern hier auf der Erde,
manchmal fern und manchmal ganz nah
– auch in Gestalt einer schönen alten Frau.

Friederike Stockmann-Köckert

Ich will euch trösten, wie einen seine Mutter tröstet.
Jes 66,13 a

Mit Gott ist das so wie …

… mit einem Hirten, der ein Schaf vermisst (Lk 15,3–7):
»Und wenn er's gefunden hat, so legt er sich's auf die Schultern voller Freude …«

… mit einem, der nicht wählerisch ist (jüdische Geschichte):
»Der Rabbi von Sassow gab einmal einem übel berüchtigten Menschen sein letztes Geld hin. Die Schüler warfen es ihm vor. ›Soll ich‹, sagte er, ›wählerischer sein als Gott, der es mir gegeben hat?‹«

… mit einem Kind, das Verstecken spielt (jüdische Geschichte):
»Rabbi Baruchs Enkel, der Knabe Jechiel, spielte einst mit einem anderen Knaben Verstecken. Er verbarg sich gut und wartete, dass ihn sein Gefährte suche. Als er lange gewartet hatte, kam er aus dem Versteck; aber der andere war nirgends zu sehen. Nun merkte Jechiel, dass jener ihn von Anfang an nicht gesucht hatte. Darüber musste er weinen, kam weinend in die Stube seines Großvaters gelaufen und beklagte sich über den bösen Spielgenossen. Da flossen Rabbi Baruch die Augen über und er sagte: ›So spricht Gott auch: ›Ich verberge mich, aber keiner will mich suchen.‹«

… mit einem Freund, den man auch in der Nacht noch stören darf (Lk 11,5–13):
»Und wenn er schon nicht aufsteht und ihm etwas gibt, weil er sein Freund ist, so wird er doch wegen seines unverschämten Drängens aufstehen und ihm geben, so viel er bedarf.«

… mit einem Gastgeber, der viele Gäste zu einem Fest einlädt, aber alle sagen ab (Lk 14,15–24):
»Da fingen sie alle an, sich zu entschuldigen. […] Da wurde der Hausherr zornig …«

*Aus dem Projekt **Cena** (lat.: Mahlzeit): Schüler*innen aus Luxemburg haben sich von Leonardo da Vincis berühmter Abendmahls-Darstellung zu Fotoexperimenten anregen lassen.*

Habt ihr das alles verstanden? (Mt 13,51)

Gleichniswerkstatt

1. Erarbeiten Sie, ausgehend von der Info, in arbeitsteiligen Gruppen zu den auf → S. 16 zitierten Gleichnisgeschichten Präsentationen, die Sie der Klasse vorführen. Sie können z. B. den Text auf besondere Weise vortragen, verfremden, in aktuelle Situationen übersetzen, in ein Standbild verwandeln, bildlich oder szenisch darstellen.
2. Tauschen Sie sich anschließend darüber aus, welche Ansichten von Gott in Ihren Präsentationen zur Sprache kamen.
3. Vergleichen Sie das Foto aus dem Cena-Projekt (→ S. 16) mit der Vorlage »Das letzte Abendmahl« von Leonardo da Vinci (Internet) und deuten Sie es.
4. Sammeln Sie Beobachtungen und Einfälle zum Bild (rechts). Könnte es auch »Der Gleichniserzähler« heißen? Begründen Sie Ihre Antwort.

Cäcilia Schlapper, Der Erzähler, 2012

? MUSS MAN SIE VERSTEHEN?

INFO **»Und er sprach zu ihnen in Gleichnissen ...«**

Wie andere jüdische Schriftgelehrte verwendet auch Jesus oft Bilder und Gleichnisse, wenn er über Gott spricht. Dazu greift er auf die Alltagswelt der Fischer, Bauern, Hausfrauen und Kaufleute seiner Zeit zurück. Gleichnisse können einfache, ausgeführte Vergleiche sein (z. B. Mk 4,30–32) oder auch ganze Geschichten (sog. »Parabeln«, z. B. Lk 15,11–32).

Um ein Gleichnis zu verstehen, empfiehlt es sich, es erst einmal als Ganzes wirken zu lassen, sich zu Assoziationen anregen zu lassen und selbst seinen Ort darin zu suchen. So liest sich z. B. das Gleichnis vom »Verlorenen Sohn« ganz unterschiedlich, je nachdem, ob man die Rolle des jüngeren oder älteren Sohns einnimmt. Gleichnisse laden zu ungewohnten Perspektiven ein. Sie wollen immer neu gedeutet und kreativ gestaltet werden.

Jesus *erzählt* aber nicht nur Gleichnisse, sondern stellt sie auch dar. Vor allem durch seine festlichen Mahlzeiten mit Menschen, die von der Gesellschaft verachtet werden – Zöllner, Sünder, Prostituierte – will er das Reich Gottes sichtbar und erlebbar machen.

Ich glaube an Jesus Christus …

Ferdinand Kreuzer, Installation Kreuz-Krippe

Der Jünger Philippus spricht zu Jesus: Herr, zeige uns den Vater, und es genügt uns. Jesus spricht zu ihm: So lange bin ich bei euch, und du kennst mich nicht, Philippus? Wer mich sieht, der sieht den Vater!
Joh 14,8 f.

DURCH JESUS GOTT ERKENNEN

Willst du sicher sein, dann sollst du überhaupt keinen Gott kennen außer diesem Menschen. Ist es dir um dein Heil zu tun, dann eile zur Krippe und zum Mutterschoß und betrachte ihn, den Säugling, den Wachsenden, den Sterbenden.
Martin Luther

Luther durchschaut die falsche theologia gloriae [Theologie des Ruhmes, der Herrlichkeit], die Gott in erster Linie dort erkennen will, wo es schön, gut und stark zugeht. Der christliche Gott aber ist vor allem im Kreuz zu erkennen, seine Schönheit ist die Dornenkrone, seine Güte seine Tränen, seine Stärke sein Todesschrei. Gott selbst wird Opfer der Gewalt. Gott ist »der gekreuzigte Gott«.
Heinrich Bedford-Strohm

»Ihm, Jesus, glaube ich Gott.«
Kurt Marti

AN JESUS ODER WIE JESUS GLAUBEN?

JESUS – GOTT? GEDANKEN VON JUGENDLICHEN:

- »Für mich ist Jesus jemand, dem man alles erzählen kann, er äußert zwar nichts dazu, aber das kann manchmal auch gut sein. Freunde lästern nämlich, nehmen einen vielleicht nicht ernst, verstehen einen nicht oder machen blöde Witze. Jesus ist nicht so. Er hört mir immer zu und ist immer für mich da.«
  (Tanja, 17)
- »Jesus ist für mich ein Erlöser, denn immer, wenn ich Kummer und Sorgen habe oder weiß, dass ich etwas Schlechtes getan habe, kann ich zu ihm beten und ihn bitten, mir meine Sünden zu vergeben.«
  (Claudius, 17)
- »Jesus bedeutet für mich nicht so viel. Ich weiß zwar, dass es Gott gibt, aber mit Jesus kann ich nicht so viel anfangen. Ich glaube, er ist mir zu perfekt.«
  (Yvonne, 17)
- »Er wurde seiner Aufgabe nie untreu, und wenn es auch noch so schwer war, bis er zuletzt sein Leben dafür gab. Aber auch er hatte Angst, musste sich Rat holen, auch er zeigte Gefühle, wie jeder andere Mensch, das ist es wahrscheinlich, was die Leute an ihn glauben lässt, er war ein Mensch mit den gleichen Schwächen wie du und ich, und hat trotzdem so viele Dinge in Bewegung gebracht …«
  (Ellen, 17)

... seinen eingeborenen Sohn, unsern Herrn ...«

INFO

Das Bekenntnis zu Jesus Christus

Die vier Evangelien geben ein anschauliches Bild vom Leben und Wirken Jesu. Doch sie sind keine historischen Tatsachenberichte und wollen es auch gar nicht sein. Jahrzehntelang nach Jesu Tod entstanden, bewahren sie Erinnerungen an Jesus auf, die ganz und gar vom Glauben an ihn eingefärbt sind. Ihre Verfasser erzählen davon, dass in Jesu Leben und Leiden Gott den Menschen nahe gekommen ist, dass Sünde und Tod nicht das letzte Wort haben und dass diese Erfahrung das ganze Leben verändern kann. Mit der Freude über diese »gute Nachricht« (so die Übersetzung von »Evangelium«) wollen sie ihre Leser*innen anstecken.

Um auszudrücken, was an Jesus so besonders ist, wählten die frühen Christ*innen Namen und Titel, die sie aus ihrer Umwelt kannten. Sie nannten ihn »Christus«, um auszudrücken, dass er für sie der erwartete Retter Israels war. Mit dem in der Antike bekannten Titel »Gottes Sohn« wollten sie nicht sagen, dass Jesus biologisch von Gott abstammt, sondern dass er und Gott ganz nah zusammengehören. Das schwingt auch in der Anrede Jesu als »Herr« mit, denn in der jüdischen Tradition wurde Gott so angeredet. Keiner der Titel wird Jesus ganz gerecht, jeder kann auch missverstanden werden. Jesus selbst hat sich vermutlich als »Menschensohn« bezeichnet, als »Menschenkind« also. Seine jüdischen Zeitgenoss*innen nannten ihn oft »Rabbi« und drückten damit aus, dass er ein angesehener Schriftgelehrter war.

Später hat man in der Kirche die neue Erfahrung mit Gott in Formeln verdichtet: »Gott ist Mensch geworden!«; »Jesus ist wahrer Gott und wahrer Mensch«. Daraus sind die christlichen Glaubensbekenntnisse entstanden (→ S. 20).

»Wer mich kennt, kennt den Vater.« (Joh 14,9b)

1. Führen Sie in Gruppen Schreibgespräche über die Texte der Jugendlichen (→ S. 18).
2. Erläutern Sie die drei Zitate (→ S. 18 links) mit eigenen Worten. Finden Sie Gedanken daraus in der Installation von F. Kreuzer wieder.
3. Wählen Sie aus der Info einen der Namen und Titel aus, der für Ihr Empfinden besonders gut zu Jesus passt, und begründen Sie Ihre Entscheidung. Heute würde man ihm vermutlich andere Namen geben – suchen Sie Beispiele.
4. Erläutern Sie, was jemand, der oder die das T-Shirt (rechts) trägt, ausdrücken möchte.

Credo heißt: Ich glaube

Eine ⊸ *Wordcloud aus dem Text des Apostolischen Glaubensbekenntnisses (nur Substantive, Adjektive, Verben)*

Schätze und Stolpersteine

1. Prüfen Sie anhand der Wordcloud, ob Sie das Glaubensbekenntnis noch auswendig können – nehmen Sie ggf. das Gesangbuch zu Hilfe.
2. Im Glaubensbekenntnis stecken Geschichten über Gott, Erfahrungen, Fragen ... Wählen Sie einzelne Begriffe aus der Wordcloud aus, rekonstruieren Sie die dazugehörige(n) Aussage(n) und machen Sie Experimente damit, z. B. können Sie
   - eine Aussage mit Farben oder Materialien gestalten
   - passende Geschichten aus der Bibel oder aus dem Alltag dazu erzählen
   - Fragen dazu formulieren
   - ein kurzes Statement dazu verfassen
   - eine Aussage als »Stolperstein« auf den Boden legen und dies begründen.
3. Erläutern Sie die Zitate von F. Steffensky und M. Luther (→ S. 21). Kommentieren Sie die Karikatur mithilfe dieser Zitate.
4. Es gibt immer wieder Versuche, das Glaubensbekenntnis für unsere Zeit umzuformulieren. Auf → S. 21 finden Sie zwei Beispiele. Diskutieren Sie darüber, wie gelungen Sie sie finden.

? WIE HÄNGEN BEKENNEN UND KENNEN ZUSAMMEN?

INFO **Das Apostolische Glaubensbekenntnis (Credo)**

Das Apostolische Glaubensbekenntnis, dessen Text seit Anfang des 5. Jahrhunderts belegt ist, verbindet die evangelische mit der römisch-katholischen, der ⊸ altkatholischen, der ⊸ anglikanischen und anderen Kirchen. Ihm liegt ein frühchristliches Taufbekenntnis zugrunde. Es hat im Gottesdienst seinen festen Ort. An hohen Feiertagen wird das (ausführlichere) Bekenntnis von Nizäa-Konstantinopel gesprochen. Es entstand im Anschluss an die beiden ⊸ Konzilien in Nizäa (325) und Konstantinopel (381), bei denen die Lehre von der Dreieinigkeit Gottes ausformuliert wurde.

In seinen drei Artikeln fasst das Apostolische Glaubensbekenntnis die wichtigen Inhalte des christlichen Glaubens an den dreieinigen Gott einprägsam zusammen. Seine Aussagen können helfen, sich im Glauben zu orientieren – nicht, indem man sie einfach »für wahr hält«, sondern indem man sich mit ihnen auseinandersetzt und sie für sich persönlich deutet.

Wenn Christ*innen das Bekenntnis zusammen sprechen, drücken sie dadurch aus: Wir gehören zusammen, auch wenn wir alle verschieden sind und unterschiedlich über Gott und Jesus denken.

Alt oder neu?

2 Ich glaub' an Jesus Christus, der auf die Erde kam,
der Mensch wie wir geworden, die Sünde auf sich nahm.
Er ist am Kreuz gestorben, doch brach er neue Bahn:
denn er ist auferstanden. Ich glaube daran.

3 Ich glaube an den Geist, den man im Herzen spürt,
der, überall zugegen, uns Gottes Wege führt.
Er wird die Welt verwandeln und treibt uns weiter an,
in Gottes Sinn zu handeln, ich glaube daran.

4 Ich glaube an Gemeinschaft mit Gott als Fundament.
Ich glaube an die Liebe, die einigt, was uns trennt.
Wir werden auferstehen, wie Christus es getan:
Die Schuld wird uns vergeben. Ich glaube daran.

Text und Melodie: Markus Pytlik, Rechte: Strube Verlag GmbH, München

GLAUBENSBEKENNTNIS EINER SCHÜLERIN

Ich vertraue in meine Eltern, auf die ich immer wieder zurückgreifen kann.
Ich vertraue in die schützende Hand Gottes, seine Macht, über Gut und Böse zu richten, und in die Erhaltung seiner Schöpfung.
Ich vertraue in meine Zukunft, die immer von Gerechtigkeit und Freiheit geprägt sein soll.
Ich vertraue darauf, weil Jesus es vorgelebt hat.
Kasmi Segabalusa, Wolfsburg

FREMDE SPRACHE?

Die Aussagen des Glaubensbekenntnisses passen dem Einzelnen ungefähr so wie ein Paar Schuhe, das für die ganze Familie gemacht ist. Dem einen sind sie zu groß, der anderen zu klein.
Wenn ich die Sätze spreche, dann weiß ich, dass es eine Sprache ist, die viele vor mir gesprochen haben und viele mit mir sprechen. Ich spreche eine Fremdsprache! Aber das eben ermöglicht mir, es zu sprechen. Ich brauche es nicht allein zu verantworten.
Fulbert Steffensky, Theologe

Ich glaube, dass ich nicht aus eigener Vernunft noch Kraft an Jesus Christus, meinen Herrn, glauben oder zu ihm kommen kann …

Aus Martin Luthers Erklärung zum dritten Glaubensartikel

Eine/r – viele

Die Göttin Aschera verkörperte im alten Orient Fruchtbarkeit und Freundlichkeit. Figuren wie diese (aus dem 8./7. Jh.) fand man in Judäa – möglicherweise wurde der biblische Gott zunächst mit weiblicher Begleitung gedacht – eine später abgelehnte Vorstellung.

INFO **Gott und die Götter**
Archäolog*innen haben herausgefunden, dass die Menschen im alten Israel anfangs mehrere Göttinnen und Götter verehrten (*Polytheismus*) – anders als die Bibel es darstellt. Erst mit der Zeit entwickelte sich eine *Monolatrie* (griech. *monos*: einzig und *latreia*: Gottesdienst), d.h. die Existenz anderer Götter wurde zwar nicht geleugnet, aber JHWH (→ S. 9) allein wurde verehrt. Besonders die Propheten wandten sich scharf gegen den Kult anderer Gottheiten (vgl. z.B. Jes 44 oder Jer 10, vgl. auch Ps 115). Zur Zeit des babylonischen Exils oder danach setzte sich der *Monotheismus* durch, d.h der Glaube an einen einzigen, die ganze Welt umfassenden Gott.

Unser Gott ist im Himmel; er kann schaffen, was er will. Ihre Götzen aber sind Silber und Gold, von Menschenhänden gemacht. Sie haben einen Mund und reden nicht, sie haben Augen und sehen nicht, sie haben Ohren und hören nicht, sie haben Nasen und riechen nicht, sie haben Hände und greifen nicht, Füße haben sie und gehen nicht, und kein Laut kommt aus ihrer Kehle.
Ps 115,3–7

? EINER ODER VIELE? WAS IST EINFACHER ZU GLAUBEN?

In Menschengestalt ...

1. Informieren Sie sich über die antike Götterwelt. Vielleicht können Sie einzelne Gottheiten auf Raffaels Gemälde identifizieren.
2. Mit dem alttestamentlichen Bilderverbot haben Sie sich schon beschäftigt. Ergänzen Sie die Info auf → S. 11 mithilfe dieser Seite.

Im griechischen Götterhimmel (hier eine Darstellung Raffaels, 1518) ging es recht menschlich zu ...

Trinität

INFO **»Im Namen des Vaters, des Sohnes und des Heiligen Geistes« –**

– so beginnt jeder christliche Gottesdienst. Mit diesen Worten werden Kinder und Erwachsene getauft. Die Lehre von der Dreieinigkeit (Trinität) Gottes wurde in den Konzilien des 4. Jhs. ausformuliert. Man wollte damit festhalten, dass Christ*innen an einen Gott glauben, der in dreierlei Gestalt erfahren wird, dabei aber ein einziger Gott bleibt:

- der Vater und Schöpfer der Welt,
- der Mensch Jesus Christus, der für die Menschen gelitten und sie erlöst hat,
- der Heilige Geist, der die Menschen belebt, tröstet, verbindet und stärkt.

Fenster in der St. Pauls Kathedrale in Lüttich

Beziehung Bewegung Liebe
Vielfalt Kommunikation
Geheimnis Lebendigkeit

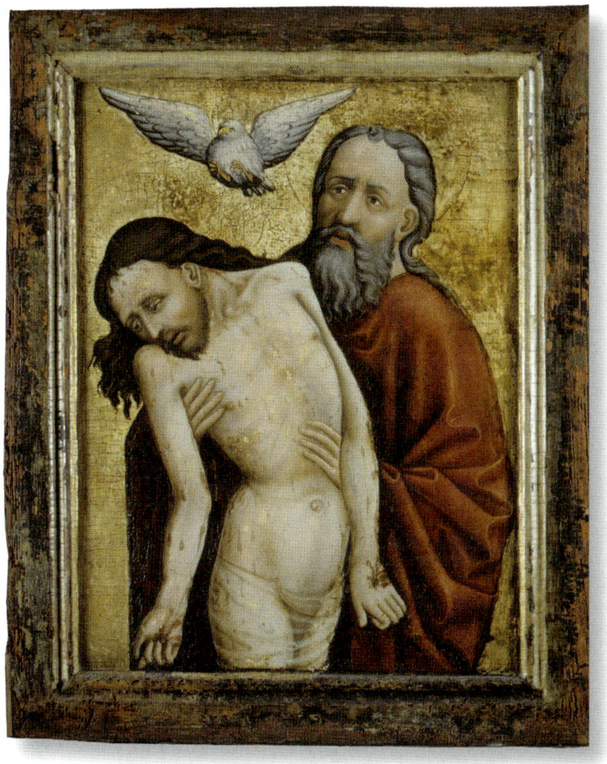

Trinitätsdarstellung aus Ungarn, 1450

1+1+1=1?

1. Bei der Trinitätslehre geht es nicht um Mathematik, sondern sie erzählt über Gott. Um das zu verstehen, können die farbigen Begriffe oben helfen. Experimentieren Sie, indem Sie diese Begriffe in die Gleichung einsetzen (z. B. 1+1+1 = Vielfalt). Überlegen Sie, welche Sicht von Gott sich daraus ergibt und was dies für Sie selbst bedeuten könnte (z. B.: Gott ist selbst vielfältig; auch wir dürfen unterschiedlich sein).
2. Beschreiben und deuten Sie die beiden Trinitätsbilder. Entdecken Sie einen oder mehrere der farbigen Begriffe darin.
3. Wenn Sie getauft sind, so wurden Sie »im Namen des Vaters, des Sohnes und des Heiligen Geistes« getauft. Notieren Sie Gedanken, die Sie damit verbinden.

Und wenn es Gott gar nicht gibt?

INFO **Spielarten der Religionskritik – einige Begriffe**

Atheismus: Leugnung eines höchsten Wesens; zu unterscheiden ist der theoretische Atheismus (z. B. Feuerbach, Nietzsche, Marx, Freud) vom unreflektierten sog. Alltagsatheismus, der oft mit Gleichgültigkeit gegenüber der Gottesfrage einhergeht.

Agnostizismus: die Auffassung, dass über Gottes Existenz nichts ausgesagt werden kann, die Gottesfrage bleibt offen.

Religionskritik: bezieht sich auf Religionen allgemein, also nicht nur auf den Glauben an einen persönlichen Gott.

» Ich lehne Religionen ab, weil in ihrem Namen so viel Unrecht und Gewalt geschieht.

» Das muss jeder selbst wissen – wer Gott braucht, soll an ihn glauben.

» Mir geht es auch ohne Gott gut – das Thema interessiert mich einfach nicht so.

» Aussagen über Gott sind weder verifizierbar noch falsifizierbar – also sinnlos.

» Gott ist etwas für Kinder. Als Erwachsene brauche ich niemanden, der mir sagt, was ich tun soll.

Anfragen an den Gottesglauben

1. Beschreiben und deuten Sie die Karikatur.
2. Ordnen Sie die Zitate (oben) den Begriffen in der Info zu.
3. Wählen Sie in Gruppen ein Zitat und entwerfen Sie ein Streitgespräch dazu, das Sie anschließend im Plenum präsentieren.
4. Erklären Sie mithilfe der Info, warum auf dem Feuerbach-Denkmal die genannten drei Zitate als Inschriften gewählt wurden. Sie können Ihr Wissen über Feuerbach und Marx durch Internetrecherchen und Referate vertiefen.
5. Das Gespräch mit dem Atheismus kann auf problematische Entwicklungen der eigenen Religion aufmerksam machen. Fassen Sie den Text von D. Bonhoeffer in eigenen Worten zusammen. Mehr über D. Bonhoeffer erfahren Sie auf → S. 60 f.
6. D. Bonhoeffer hat einmal gesagt: »Einen Gott, den es gibt, gibt es nicht.« Erklären Sie den scheinbaren Widerspruch.

Rückkehr zum Menschen

INFO **Religionskritik bei Feuerbach und Marx**

Einer der wichtigsten Religionskritiker des 19. Jhs. ist Ludwig Feuerbach (1804–1872). Für ihn ist Gott eine Projektion des Menschen: Weil der Mensch unter seiner Unvollkommenheit leidet, weil er sich z. B. als sterblich, fehlbar, irrend erlebt, darum entwirft er einen Gott, der das genaue Gegenteil ist, unsterblich, unfehlbar, allwissend. Feuerbach fordert, von dieser Projektion abzulassen und sich auf seine eigene Stärke zu besinnen. Der Mensch (als Gattung, nicht als Einzelne*r) kann und soll selbst vollkommen werden. Feuerbach setzt also den Menschen an Gottes Stelle ein.

Hier knüpft Karl Marx (1818–1883) an, der die Feuerbachsche Position politisch weiterdenkt und die berühmte These von der Religion als »Opium des Volkes« prägt: Religion betäubt die Menschen, vertröstet sie auf ein besseres Jenseits und hindert sie auf diese Weise daran, gegen Ausbeutung und Unterdrückung anzukämpfen. Darum soll Religion beseitigt werden.

»Gott ist eine leere Tafel, auf der nichts weiter steht, als was du selbst darauf geschrieben.«

»Der Mensch ist der Anfang der Religion, der Mensch der Mittelpunkt der Religion, der Mensch das Ende der Religion.«

Ludwig Feuerbach

? IST ETWAS SCHON UNWAHR, NUR WEIL ICH ES MIR WÜNSCHE?

Denkmal für Ludwig Feuerbach auf dem Nürnberger Rechenberg, seiner letzten Wohnstätte. Die Inschriften lauten: »Dem Freidenker Ludwig Feuerbach zum Gedächtnis 1804–1872«; »Der Mensch schuf Gott nach seinem Bilde« (in Umkehrung von 1 Mose 1,27) und »Tue das Gute um des Menschen willen«.

GEGEN DEN LÜCKENBÜSSER-GOTT

Oft frage ich mich, warum mich ein »christlicher Instinkt« häufig mehr zu den Religionslosen als zu den Religiösen zieht ... Während ich mich den Religiösen gegenüber oft scheue, den Namen Gottes zu nennen – weil er mir hier irgendwie falsch zu klingen scheint und ich mir selbst etwas unehrlich vorkomme –, kann ich den Religionslosen gegenüber gelegentlich ganz ruhig und wie selbstverständlich Gott nennen. Die Religiösen sprechen von Gott, wenn menschliche Erkenntnis (manchmal schon aus Denkfaulheit) zu Ende ist oder wenn menschliche Kräfte versagen – es ist eigentlich immer der deus ex machina, den sie aufmarschieren lassen; das hält zwangsläufig immer nur so lange vor, bis die Menschen aus eigener Kraft die Grenzen etwas weiter hinausschieben und Gott als deus ex machina überflüssig wird; es scheint mir immer, wir wollten dadurch nur ängstlich Raum aussparen für Gott; – ich möchte von Gott nicht an den Grenzen, sondern in der Mitte, nicht in den Schwächen, sondern in der Kraft sprechen.

Dietrich Bonhoeffer

Warum?

Nach den Terroranschlägen in Paris am 13. November 2015, bei denen 130 Menschen getötet und 683 verletzt wurden

Der Regisseur Christoph Schlingensief hat während seiner Krebserkrankung, der er 2010 erlag, Tagebuch geführt. Die folgenden Sätze schrieb er kurz nach seiner Krebsdiagnose:

Ich bin aggressiv und wütend und habe den Draht zu Jesus und zu Gott verloren. Ich kann nicht mehr beten, kann mit diesem Schwafelkram nichts mehr anfangen: Vielleicht sollte ich denen da oben einfach sagen: Kümmert euch um euren eigenen Kram und lasst mich in Ruhe. Aber möglicherweise sagen die: Junge, das musst du alleine durchstehen, da können wir dir gar nicht helfen, wir haben viel wichtigere Sachen zu tun. Ich weiß es nicht.

Jedenfalls ist das Verhältnis zu Gott und zu Jesus zerrüttet. Ich dachte, dass ich im Kern beschützt sei. Von Gottes Gnaden behütet, belohnt mit Tausenden von Möglichkeiten, gesegnet mit einem langen Leben. Habe mir eingebildet, dass ich noch viele, viele tolle Momente erleben werde, mit Essen und Trinken, Natur, Musik und Liebe. Und das, lieber Gott, ist die größte Enttäuschung. Dass du ein Glückskind einfach so zertrittst, du bist jedenfalls gerade dabei, das zu tun. Und alle die anderen Leute, die an dich glauben, zertrittst du auch, zum Beispiel die, die nach Lourdes laufen und dennoch nicht geheilt werden. Pure Ignoranz ist das. Gott sagt einfach, was du da machst, interessiert mich nicht, ist mir egal. Ich bin zutiefst verletzt in meinem Gottvertrauen, in meiner Liebe zum Leben.

INFO **Die Theodizeefrage**

Theodizee (griech.) bedeutet: Rechtfertigung Gottes. Angesichts von Unrecht und Gewalt, Krankheit und Katastrophen fragen Menschen: Warum lässt Gott das zu? Kann er es nicht verhindern? Dann wäre er nicht allmächtig. Oder will er es nicht? Dann wäre er kein liebender Gott. Wie kann man angesichts des Leidens in der Welt noch an Gott glauben?

Wo ist dieser Gott, wenn junge Menschen sterben? Wo ist dieser Gott, wenn es auf unserer Welt Krieg und Hass gibt? Wo ist dieser Gott, wenn Menschen, die wir lieben, an einer tödlichen Krankheit sterben? Wo ist dieser Gott? Ja, super. Ich kann einfach nicht an etwas glauben, das so viel Unglück in der Welt zulässt.
(Schülerin, 17)

Alles in allem existiert für mich ein Gott. Aber er hinterlässt auch viele Fragen. Zum Beispiel: Wieso verlässt uns ein Mensch? Wieso gibt es so viel Armut auf unserer Erde? Wieso ergeht es manchen besser oder schlechter als mir? Wieso gibt es Kriminelle?
(Schülerin, 17)

(K)eine Antwort?

WARUM LÄSST GOTT DAS ZU?

Ob Naturkatastrophe, Amoklauf oder Unglück – es dauert nur Minuten, bis das erste WARUM?!-Schild in den Medien auftaucht, dessen Adresse unausgesprochen jeder mitdenkt: »Warum lässt Gott das zu?!«

Normalerweise machen wir uns keinen Kopf: Wir lassen Gott einen guten Mann sein und romantisieren »die Natur«. Bis dann – aus heiterem Himmel – etwas passiert. In den Nachrichten kann man dann Augenzeugen sehen, die angesichts von qualvoll erstickten, verbrannten, ertrunkenen, zerfetzten Leichen unter Schock in die Mikrofone von Journalisten Sätze sprechen wie: »Das war heftig«. Es folgt Schnitt und Schwenk aufs Pappschild: »WARUM?!« Jedoch ein paar Wochen später, wenn der Schock vorbei ist, kann man dann etwas Besonneneres sagen als in den ersten Schreckensmomenten?

Handelt es sich um ein Unglück mit menschlichem Versagen, wird dem Nachdenken häufig ausgewichen, indem es durch die Suche nach einem Schuldigen ersetzt wird. Da kann man was tun und sich empört und entschieden zeigen – das entlastet. Schwieriger ist es bei Naturkatastrophen. Wen soll man jetzt verantwortlich machen? Gibt es etwa keinen Schuldigen? Soll man die vermeintlich gute und reine Natur belangen?

Angesichts von Leid und Unglück in dieser Welt bleiben nur zwei Möglichkeiten: Entweder man sucht die Schuld bei Menschen, um Gottes moralische Ehre zu retten, oder man sucht die Schuld bei einem Gott, an den man eigentlich nicht glaubt.

Bernd Beuscher

Warum?

1. Tauschen Sie sich über (persönliche oder gesellschaftliche) Situationen aus, in denen sich für Sie die Warum-Frage gestellt hat.
2. Beschreiben Sie die Gefühle, die in den Texten C. Schlingensiefs und der Schülerinnen (→ S. 26) zum Ausdruck kommen.
3. In B. Beuschers Text schwingt Kritik am öffentlichen Umgang mit Leid und Katastrophen mit – arbeiten Sie sie heraus und diskutieren sie darüber. Sammeln und bewerten Sie Beispiele für die Darstellung von Katastrophen in den Medien.
4. Diskutieren Sie die »Antworten« (rechts). Nehmen Sie auch die Karikatur und ggf. eigene weitere Antworten hinzu. Überlegen Sie jeweils, was ein von Leid Betroffener dazu sagen könnte.

OFT GEHÖRTE ANTWORTEN ...

- Gott will die Menschen prüfen.
- Er kann nicht eingreifen, weil er nicht allmächtig ist.
- Das Leid ist eine Strafe Gottes.
- Gott hat den Menschen einen freien Willen gegeben, sie sind selbst für ihr Leben verantwortlich.
- Die Menschen sollen etwas aus ihrem Unglück lernen.
- Man darf das Leiden nicht isoliert betrachten – im großen Ganzen erfüllt es einen sinnvollen Zweck.
- Katastrophen passieren eben. Pech gehabt.
- Es gibt gar keinen Gott.

HIOB – ein Drama in mehreren Akten …

Illustrationen zum Hiobbuch von William Blake

PERSONEN DER HANDLUNG:

- Hiob, ein reicher Mann mit großer Familie, Land und Vieh, den unermessliches Unglück trifft
- Seine Frau, die im Stück nur eine Nebenrolle spielt, obwohl es sie genauso getroffen hat
- Seine Freunde, die treu bei ihm ausharren, aber auch mit guten Ratschlägen nicht sparen
- Gott, der letztlich die Verantwortung für alles trägt und der am Ende einen großen Auftritt hat
- Satan, der Gott herausfordern möchte und ihn bei seiner Ehre packt

... und mit vielen Lösungen

DIE HANDLUNG:

1. In kürzester Zeit verliert Hiob alles, was er hat, seine Kinder, seinen Besitz – und schließlich erkrankt er auch noch an Lepra. Dennoch hält der fromme Mann an seinem Glauben fest.
2. Natürlich bleibt die Frage, warum Gott Menschen so leiden lässt. Wäre es eine Lösung, wenn er gar nicht selbst auf die Idee gekommen wäre? In Hi 1,6–12 lässt der Dichter den Satan auftreten, der Gott zu einer Wette überredet: Wetten, dass Hiob, dein Liebling, dir nicht treu bleibt, wenn du ihn nur richtig plagst? Zunächst ohne Erfolg (Hi 1,20 ff.). Aber: Was ist das für ein Gott, der sich zu so etwas überreden lässt?
3. Im dritten Kapitel hebt Hiob zu einer gewaltigen Klage über sein unschuldiges Leiden an: Er will nicht mehr leben, verflucht seine Geburt und klagt Gott an (z. B. Hi 3.7). Seine Freunde haben Antworten parat – irgendetwas wirst du verbrochen haben, irgendeinen Grund wird dein Leiden haben (z. B. Hi 4.11) –, die Hiob ablehnt. Es kommt zu einer heftigen Auseinandersetzung.
4. Schließlich geht Hiob so weit, Gott zu einem Gerichtsprozess herauszufordern, denn er ist sich sicher, dass ihm Unrecht geschieht (Hi 31,35 ff.). Und Gott erscheint tatsächlich – aber ganz anders als erwartet: Gott demonstriert ihm in zwei langen Reden (Hi 38–40) seine Macht und verweist auf die Wunder seiner Schöpfung. Wer ist Hiob, ihn anzuklagen? Hiob gibt auf.
5. Am Ende belohnt Gott Hiob und tadelt die Freunde – Hiob bekommt eine neue Familie und neuen Reichtum – ein Happy End?

? WOFÜR WIRD HIOB BELOHNT?

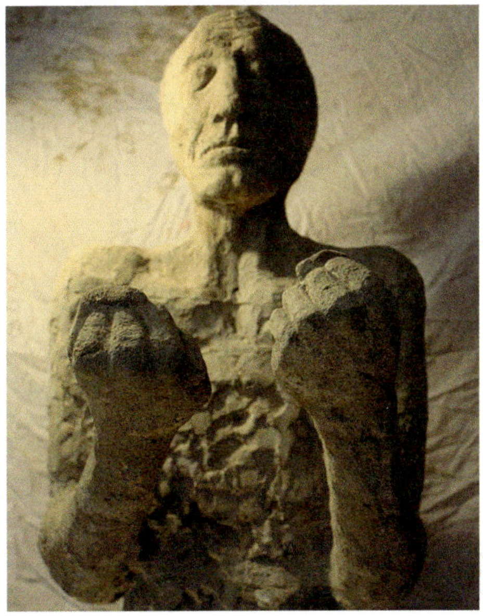

Norbert Thiesing, Hiob (Betonplastik, 2 m)

Immer wieder neue Fragen

1. Lesen Sie zu den einzelnen »Akten« die angegebenen Verse in der Bibel und ordnen Sie ihnen die Illustrationen dieser Doppelseite zu. Achten Sie dabei darauf, wie die Frage nach Gott und dem Leid jeweils zu lösen versucht wird und welche neuen Fragen sich ergeben.
2. Informieren Sie sich im Lexikon über das Buch ⊸ Hiob.
3. »Der HERR hat's gegeben, der HERR hat's genommen, der Name des HERRN sei gelobt ...« – sagt Hiob, nachdem er alles verloren hat (Hi 1,21). Dieser Bibelvers wird oft bei Beerdigungen gelesen. Probieren Sie aus, in welchem Ton und mit welcher Körperhaltung man ihn sprechen könnte und wie sich seine Bedeutung dabei verändert.
4. Das Buch Hiob erinnert an ein Theaterstück. Wählen Sie eine Szene und skizzieren Sie, wie man sie inszenieren und aufführen könnte.

Happy End?

Marc Chagall, Hiob

Hiob hätte nicht so schnell nachgeben dürfen. Er hätte mit seinem Protest nicht aufhören dürfen. Er hätte zu Gott sagen müssen: »Gut, ich verzeihe dir, verzeihe dir insofern es sich um mich handelt. Aber meine toten Kinder, verzeihen sie denn dir? Habe ich das Recht, in ihrem Namen zu sprechen? Ich fordere, wenn nicht für mich, so doch für sie, dass Gerechtigkeit geschehe und der Prozess weitergeht.« Ja, eine solche Sprache hätte er sprechen müssen. Nun hat er aber nichts gesagt, hat akzeptiert, so zu leben wie vorher. Hier liegt der eigentliche Sieg Gottes. Er hat Hiob dazu gezwungen, das Glück anzunehmen. Nach der Katastrophe lebt Hiob glücklich wider seinen eigenen Willen. Sein Prozess geht jedoch weiter. Die Tragödie Hiobs endet nicht mit Hiob.
Elie Wiesel, Schriftsteller, Auschwitz-Überlebender

Gott gibt Hiob Recht gegen die Freunde, die die Augen vor der Wirklichkeit verschließen, um an der heilen Welt und einem sie garantierenden Gott festhalten zu können. Aber Hiob bekommt auch Unrecht – nicht darin, dass er seine Klage als Be- und Getroffener vorbringt, auch nicht darin, dass ihn sein Leiden zu Worten gegenüber Gott führt, die nicht fromm, nicht duldend, nicht schicksalsergeben sind. Unrecht wird Hiob darin bekommen, dass er in einem monomanen Ego-Trip den Zustand der Welt und die (fehlende) Güte Gottes allein an seinem persönlichen Ergehen ablesen will. (Mir ergeht es schlecht, also ist die ganze Welt schlecht).
Jürgen Ebach, Theologe

Ist womöglich zu viel Gesang und zu wenig Geschrei in unserem Christentum? Zu viel Jubel und zu wenig Trauer, zu viel Zustimmung und zu wenig Vermissen, zu viel Trost und zu wenig Tröstungshunger? Steht die Kirche nicht zu sehr auf der Seite der Freunde Hiobs und zu wenig auf der Seite Hiobs selbst, der dem Glauben auch Rückfragen an Gott zugetraut hat?
Johann Baptist Metz, Theologe

Die Hiobfrage aushalten

1. Die Hiobdichtung hat viele Schriftsteller*innen, Theolog*innen, Philosoph*innen und Künstler*innen zu Interpretationen und Neuschöpfungen angeregt. Recherchieren Sie Beispiele und stellen Sie sie in Referaten vor.
2. Arbeiten Sie aus den Hiobdeutungen auf dieser Seite heraus, was den Autoren jeweils wichtig ist. Nehmen Sie Stellung dazu.
3. »Wie eine Achterbahnfahrt« – schildern Sie die widersprüchlichen Gefühle, von denen N. Schneider im Interview (→ S. 31) spricht.
4. Keine Antwort – aber Trost? Entdecken Sie auf → S. 31, wie Christ*innen mit der Frage nach Gott und Leid umgehen können, und tauschen Sie sich darüber aus.

AUS EINEM INTERVIEW MIT NIKOLAUS SCHNEIDER

Der frühere Ratsvorsitzende der EKD spricht über den Tod seiner Tochter Meike, die mit 22 Jahren an Leukämie gestorben ist.

Ihre Tochter musste lange leiden, bevor sie starb. Hatten Sie vorher anders über das Sterben gedacht?

Wenn das eigene Kind stirbt, ist es ein Stück weit, als wenn man selbst stirbt. Wir hatten viele Male um Heilung gebetet und auch immer wieder den Eindruck, dass dieses Gebet erhört worden war. Sowohl nach der Chemotherapie als dann auch nach der Rückenmarkstransplantation hieß es, sie sei geheilt. Nach nur fünf Wochen aber war der Krebs wieder da.

Nimmt da das Bild von Gott Schaden?

Natürlich ist dieses Bild angekratzt. Ich habe jetzt einige Fragen an Gott: Warum hat er unsere Tochter mit nur 22 Jahren sterben lassen? Warum ließ er dieses Auf und Ab zu? Andererseits sind wir dankbar auch für die schlimme Zeit, denn wir haben eine Tiefe in der Beziehung zu unserer Tochter, innerhalb unserer Familie und auch zu Gott erlebt, wie sie sonst nicht vorstellbar gewesen wäre. Wir bekamen ungeahnte Kräfte, aber auch genau die richtigen Worte in unserem Innern, die uns halfen zurechtzukommen.

Wusste Ihre Tochter, dass sie sterben muss?

In ihrem Innern, denke ich, ja, obwohl sie bis zu ihrem letzten bewussten Augenblick um ihr Leben gekämpft hat. Es war ja wie eine Achterbahnfahrt: geheilt – Rückfall – geheilt – Rückfall. Natürlich wurde auch ihr Verhältnis zu Gott dadurch mit Fragen versehen. Die Zeit bis zu ihrem Tod war dann ein Ringen um die Erfahrung von Gottes Nähe. Besonders die Erfahrung Jesu am Kreuz wurde ihr zum Trost: dass Gott nämlich nicht ein ferner Gott ist, sondern in Jesus Christus unsere Tiefen, unsere Verzweiflung, unsere Hilflosigkeit und unsere Schmerzen – sie hatte ja auch erhebliche Schmerzen bei der Therapie – kennt. Auch Jesus hatte ja in seinem Leben Momente der Gottesferne erfahren. Sie durfte erfahren, dass Gott für sie in ihrem Leid da ist. Sie war aber gewiss, dass sie nach dem Tod in Gottes Armen geborgen ist.

»ICH HATTE IHM KEINE ANTWORT VORAUS.«

Unser Enkel lag als Fünfjähriger mit Fieber und Schmerzen im Bett. Wir saßen in der Küche, als er plötzlich weinend hereinkam und schrie: »Der Scheißgott! Ich habe zu ihm gebetet, dass er mir die Schmerzen wegnehme, und er hat es nicht getan.« Diese Geschichte habe ich einmal in einem Vortrag erzählt. Anschließend fragte mich eine Dame: »Was haben Sie ihm denn gesagt, und wie haben Sie Ihrem Enkel erklärt, dass Gott trotzdem die Gebete erhört?« Ich habe der Dame geantwortet: »Zunächst hat Gott das Gebet ja nicht erhört. Und dem Enkel habe ich gesagt, ich wüsste nicht, warum ihm Gott die Schmerzen nicht wegnehme.« »Haben Sie als Theologe nicht mehr gewusst?«, hat die Dame geantwortet. Nein, ich habe als Theologe nicht mehr gewusst. Ich bin erst einmal bei dem Kind mit seiner Frage geblieben. Ich hatte ihm keine Antwort voraus.

Fulbert Steffensky, Theologe

? GIBT ES TROST AUCH OHNE ANTWORT?

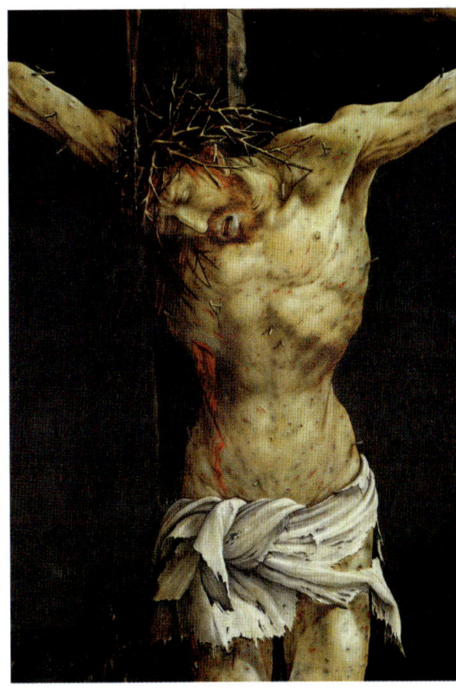

Ausschnitt aus dem Isenheimer Altar, den Matthias Grünewald 1506–1515 für die Krankenhauskapelle des Antoniterklosters in Isenheim im Elsass gestaltet hat. Dort wurden Schwerstkranke gepflegt, die am sog. »Antoniusfeuer« (einer gefährlichen Vergiftung), Pest oder Cholera litten: Sie konnten sich in dem Gekreuzigten wiedererkennen (der sichtbar Zeichen des »Antoniusfeuers« trägt) und darin Trost finden.

Im Zusammenhang

Mit der Frage nach Gott wird man sein Leben lang nicht fertig, zum Glück! Doch wenn Sie dieses Kapitel durchgearbeitet haben, sollten Sie

- differenzierter mit der Frage nach Gott umgehen können
- Ihre eigenen Gottesvorstellungen reflektieren können
- und sie mit der vielfältigen Redeweise von Gott in biblisch-christlicher Tradition in Beziehung setzen können

Testen Sie es!

Diese »Schmiererei« findet der Mesner der Trinitatis-Kirche eines Morgens an der Kirchenwand. Er ist empört. Bei der nächsten Kirchenvorstandssitzung wird der Vorfall kontrovers diskutiert. Ein paar Stichworte aus der Diskussion:
»Einfach überstreichen!« »Man muss das schon ernst nehmen – ich werde es in der Predigt berücksichtigen.« – »Das waren wieder diese Jugendlichen – was lernen die eigentlich in der Schule?« – »Ich werde die Jugendlichen fragen – mich interessiert, was sie darüber denken.« – »Typisch für unsere Gesellschaft.« – »Schreibt jemand einen Artikel im Gemeindeblatt?«

Verfassen Sie einen Artikel fürs Gemeindeblatt / für die Homepage. Bedenken Sie dabei die Aussageabsicht des Graffitis und bringen Sie auch Aspekte christlichen Glaubens ein.

Spielen Sie die ausführliche Diskussion nach. Bereiten Sie dafür die einzelnen Positionen in Gruppen vor – Sie können sich an den Zitaten orientieren, aber auch neue Gesichtspunkte einbringen.

2 Gut für mich?

Religiöse Sinnangebote

Faden-

NÄCHTLICHE AUSFLÜGE

Benjamin hat im Internat neue Freunde gefunden. Mit ihnen unternimmt er heimliche Aktionen, z. B. den Besuch im Mädchentrakt über die Außenmauer des Internats.

»Ich habe eine Frage«, sagt der dünne Felix, als wir ihn in den Mädchengang ziehen [...].

»Frag!«, sagt Janosch auffordernd. Dabei schiebt er seine Brille auf die Nase zurück. Sie ist ihm beim Klettern ins Gesicht gerutscht.

»Meint ihr, irgendjemand hat diese Aktion verfolgt? Und wenn? Lobt er uns später vielleicht, weil wir so tapfer waren?«

Der dünne Felix meint es ernst. Seine Stimme klingt belegt. Vielleicht schwingt auch ein bisschen Skepsis mit. Aber im Grunde auch viel Wahres. Felix ist klug. Selten höre ich ihn spaßen. Kugli sagt, er sei unser Philosoph. Ich glaube, damit hat er Recht.

»An wen denkst du da zum Beispiel?«, fragt Florian, den alle nur *Mädchen* nennen.

»An Gott vielleicht«, antwortet Felix. »Meint ihr, jemand von da oben sieht uns?«

»Niemand sieht uns«, antwortet Florian.

»Aber warum machen wir dann die ganze Scheiße?«, will Felix wissen.

»Vielleicht gerade, weil niemand uns sieht«, gibt das *Mädchen* zur Antwort.

»Aber müssten wir dann nicht alle tierische Angst vor dem Leben haben?«, erkundigt sich Felix.

»Haben wir doch auch«, antwortet Janosch. »Jeder Schritt ist schwierig.«

»Dafür hingst du vorhin aber ziemlich lässig an der Leiter«, antwortet Kugli.

»Ich werde nicht alles erreichen, was ich will, aber ich werde alles probieren, was ich kann«, entgegnet Janosch.

»Was hat das mit der Angst vorm Leben zu tun?«, erwidert Kugli.

»Das hat viel mit der Angst vorm Leben zu tun«, antwortet Janosch. »Ich weiß auch nicht, warum. Das dauernde Gefühl, etwas erreichen zu wollen vielleicht.«

»Hast du denn schon etwas erreicht?«, frage ich.

»Also hör mal!«, antwortet Janosch. »Ich bin gerade mit Kugli und dir die Feuerleiter raufgeklettert. Und du sagst, ich hätte noch nichts erreicht.«

»Das meinte ich doch gar nicht«, erwidere ich.

»Was meintest du dann?« »Ob im Leben noch etwas auf dich wartet!«, antworte ich streng.

»Lebert – ich bin sechzehn Jahre alt. Nicht dreihundertvier. Auf mich wartet noch vieles. Siehst du dieses Zimmer dort vorne mit der Aufschrift: *Malen Sabel, Anna März und Marie Hangerl?*«

»Ja«, erwidere ich.

»Das wartet als Nächstes auf mich! Und morgen wartet wieder etwas anderes. Französisch zum Beispiel. Oder Mathe. So ist die Jugend.«

»Die Jugend ist scheiße«, antwortet Kugli. »Man hat viel zu wenig Zeit. Immer muss man etwas machen. Warum eigentlich?«

»Weil man es sonst auf morgen verschieben würde«, antwortet der dünne Felix. »Man kann das zu Erledigende aber nicht auf morgen verschieben. Während man es aufschiebt, geht das Leben vorüber.«

»Wo steht so etwas?«, fragt Florian.

»In Büchern, denke ich«, antwortet Felix.

»In Büchern?«, fragt Florian. »Ich dachte, in Büchern steht, wann der Zweite Weltkrieg war oder so. Oder was der Unterschied zwischen einem Haupt- und einem Nebensatz ist.«

»Ja«, antwortet Felix. »Das steht auch in Büchern. Aber in manchen Büchern steht einfach, wie das Leben so ist, glaube ich.«

»Und wie ist das Leben?«, fragt Kugli.

»Anspruchsvoll«, antwortet Felix.

Ein großes Grinsen macht die Runde.

»Sind wir auch anspruchsvoll?«, will Janosch wissen.

»Das weiß ich nicht«, erwidert Felix. »Ich glaube, wir befinden uns gerade in der Phase, wo wir noch den Faden finden müssen. Und wenn wir den Faden gefunden haben, sind wir auch anspruchsvoll.«

»Das verstehe ich nicht«, bemerkt Florian entrüstet. »Was sind wir denn, bevor wir anspruchsvoll sind?«

»Vorher sind wir, so glaube ich, Fadensuchende. Die ganze Jugend ist ein einziges großes Fadensuchen.«

Aus: Benjamin Lebert, Crazy

EINE FRAGE DER DEUTUNG

Die Frage nach dem Sinn ist eine Frage der Deutung des Lebens.
Ich versuche zu verstehen, warum mein Leben so und nicht anders verlaufen ist. Im Rückblick versuchen wir die Ziele zu erfassen, auf die hin wir gelebt haben und leben. Wir suchen nach dem roten Faden, der die verschiedenen Phasen und Orte unseres Lebens zusammenbindet und einen bestimmten Richtungssinn erkennen lässt. Wenn wir im Nachhinein unser Leben deuten, dann stellen wir diese Zusammenhänge her, verbinden die Bruchstücke unserer Lebensgeschichte miteinander, versuchen unter Umständen zu summieren, was wir erreicht haben, zu klären, was noch aussteht und was wir noch erreichen wollen. In all dem geht die Ganzheit des eigenen Lebens aber nie auf.

Wilhelm Gräb

» Die Frage ist falsch gestellt, wenn wir nach dem Sinn des Lebens fragen. Das Leben ist es, das Fragen stellt.
(Viktor Frankl)

MEIN ROTER FADEN – EINE FRAGEMEDITATION

Ihre (Real-)Schulzeit geht bald zu Ende.

- Gab/gibt es so etwas wie einen »roten Faden«, der sich durch diese Zeit durchgezogen hat, ein wiederkehrendes Muster, einen Zusammenhang? Möchten Sie diesen Faden weiterspinnen?
- Welche neuen Fäden möchten Sie in Ihren »Lebensteppich« einflechten?
- Welche Geschichte würden Sie in 50 Jahren gern von sich erzählen?
- Gibt es in Ihrer Familie eine Art »roten Faden«, der sich – vielleicht sogar durch die Generationen – zieht?

Lebens-Faden – Lebens-Sinn

1. Betrachten Sie das Bild auf → S. 33. Formulieren Sie auf einer Kopie mögliche Gedanken der jungen Frau in Sprechblasen.
2. Das Bild stammt aus einem Bildband mit dem Titel »Sehnsuchtsorte« und steht unter der Überschrift »Transit-Orte – Erwartungen«. Ziehen Sie Verbindungen zum Kapitelthema.
3. »Die ganze Jugend ist ein einziges großes Fadensuchen«: Zeichnen oder kleben Sie einen (roten) Faden auf ein leeres Blatt und schreiben Sie dazu passende Aussagen der Jugendlichen aus B. Leberts Roman (→ S. 34) auf. Ergänzen Sie eigene Gedanken.
4. »Im Rückblick [...] suchen (wir) nach dem roten Faden« (W. Graeb): Probieren Sie es aus. Notieren Sie Ihre Gedanken zu den Fragen (links). Vereinbaren Sie vorher, ob Sie anschließend gemeinsam darüber sprechen wollen oder nicht.
5. Interpretieren Sie die Karikatur. Formulieren Sie die gewünschte »Auskunft« aus der Sicht W. Gräbs.
6. Sprechen Sie mit Erwachsenen Ihres Vertrauens über deren »roten Faden« im Leben.
7. Fragen, die das Leben stellt: Finden Sie Beispiele für V. Frankls Aussage.

Sinn ...

AUF DER SUCHE NACH DEM LEBENSSINN

Aus einem Gespräch mit der Sinnforscherin Tatjana Schnell

Was ist Sinn überhaupt?

Sinn ist nichts, was irgendwo drin steckt, sondern Sinn ist etwas, das wir einer Sache zuschreiben. Als wichtige Erkenntnis hat sich herausgestellt: Sinn ist immer mehr! Mehr als das, was unmittelbar vor Augen ist.

Was konkret gibt unserem Leben Sinn?

Wenn wir ganz offen fragen, sagen die meisten Menschen auf der ganzen Welt zuerst: Familie und Freunde, soziale Beziehungen. Danach kommen die Arbeit oder die Natur. Diese Aussagen sind aber nicht sehr aussagekräftig. Wir haben daher in unseren Studien eine Methode verwendet, die weitergräbt. In einem Interview haben wir einen jungen Mann gefragt, warum Familie für ihn so wichtig ist. Er hat gesagt, es seien die Familienfeiern. Wir haben weitergefragt, wofür stehen die Feiern? Er hat gesagt, sie würden viel lachen, es sei spannend und »wie in einem Wettkampf«. Für diesen Mann ist Familie eine Herausforderung; die Herausforderung ist für ihn die Sinnquelle. Für viele Menschen bedeutet Familie aber etwas ganz anderes, zum Beispiel Gemeinschaft oder das füreinander Dasein. Man sieht, wie subjektiv Sinnzuschreibungen sind.

Was meinen wir, wenn wir sagen, unser Leben ist sinnvoll?

In der empirischen Sinnforschung haben sich vier Merkmale gezeigt: Bedeutsamkeit (Es ist nicht egal, was ich tue), Stimmigkeit (Was ich tue, entspricht dem, was mir wichtig ist; ich muss nicht anders handeln, als ich möchte), Orientierung (Ich weiß, in welche Richtung mein Leben gehen soll). Wir haben heute viele Möglichkeiten zu leben. Wenn ich meine Richtung kenne, kann ich zu vielen Dingen Nein sagen. Vierter Punkt ist die Zugehörigkeit (Ich habe einen Platz in dieser Welt). Das muss keine Gruppe sein, es kann auch das größere Ganze, z. B. die Natur sein.

… ist mehr

Sinnsuche – für jede*n anders

1. Wählen Sie aus den Bildern dieser Doppelseite eines aus, das Sie mit »Lebenssinn« verbinden und tauschen Sie sich in Gruppen über Ihre Entscheidungen aus. Sie können die Auswahl auch durch eigene Fotos ergänzen.
2. »Sinn ist immer mehr«: Probieren Sie an einem der Bilder, »weiterzugraben«, wie T. Schnell (→ S. 36) es vorschlägt. Was könnte für verschiedene Menschen dahinterstecken, wenn sie z. B. beim Klettern, beim Meditieren usw. »Sinn« finden? Prüfen Sie, ob Sie die von T. Schnell genannten vier Merkmale von Sinn wiederfinden.
3. Diskutieren Sie die Ergebnisse der Umfrage (unten). Bringen Sie die aufgelisteten Begriffe in eine für Sie selbst passende Reihenfolge; vergleichen Sie Ihre Ergebnisse.

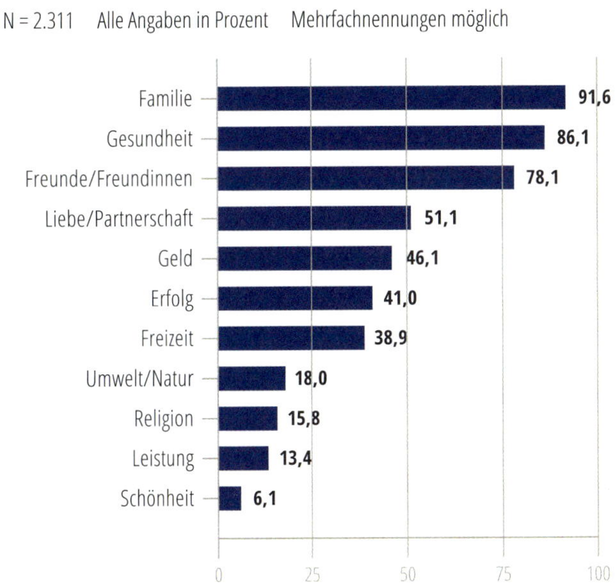

»Was ist dir wichtig?« wurden Jugendliche in der Jugendstudie Baden-Württemberg (2020) gefragt.

KANN MAN AUCH EIN GUTES LEBEN FÜHREN, OHNE NACH DEM SINN ZU FRAGEN?

Religion und Fadensuche

Was ist der Sinn?

Was ist der Sinn
Wer sagt mir wer ich bin
Ich weiß ja nicht wohin
Ich steck da zu tief drin
Wo geht es lang
Und wann bin ich mal dran
Wer wie was und wann
Ich such schon lang vergebens
Den Sinn des Lebens.

Gibt es Gott
Gibt's ein Leben nach dem Tod
Gibt's die Seele, Rettung in der Not
Gibt es Jesus, Buddha, Mohammed
Oder Karma, Shiva, hilft Gebet
Hilft da Yoga oder Ayurveda
Ekstase mit 'ner Tantrafeder
Ne Woche lang im Kloster schweigen
Oder meditativer Tanz im Reigen?

Was ist der Sinn ...

Song von Suchtpotenzial

Hilft Religion?

1. Arbeiten Sie aus den Materialien dieser Seite unterschiedliche Auffassungen darüber heraus, wie Sinnsuche und Religion zusammenhängen.
2. Deuten Sie die Karikatur. Bringen Sie sie ins Gespräch mit den Aussagen von B. Beuscher.
3. »Religion ist da, wo wir unserem Leben ... Sinn geben« (W. Gräb): Zeigen dann die Bilder auf → S. 36f. alle »Religion«? Diskutieren Sie!

NICHT NUR IN DER KIRCHE, SONDERN ...

Religion findet sich nicht nur in der Kirche, sondern überall, wo es um unsere Grundeinstellungen zum Leben, um unsere tiefsten Wünsche und Ängste geht, wo Werte verkündet, Verhaltensweisen nahegelegt, Stimmungen erzeugt und Versprechungen gemacht werden.
Religion ist da, wo wir unser Leben verstehen wollen und ihm Richtung und Sinn geben.
nach Wilhelm ⊸ Gräb

NICHT NUR BERUHIGUNG, SONDERN ...

Glauben meint nicht das Wunschkonzert unserer Bedürfnisse und Gott nicht das Klavier, auf dem es gespielt wird. Ein Blick in die biblischen Geschichten zeigt: Für Glauben und Gott gilt im Kontext der christlichen Religion nicht nur das Wortfeld: Trost, Halt, Geborgenheit, Heimat, Grund, Beruhigung, sondern mindestens ebenso: Fremdsein, Heimatlosigkeit, Suche, Verunsicherung, Aufbruch, Unruhe, Geduld, Passion.
Bernd Beuscher, Theologe

Was ist gut für mich?

INFO

Religionsmündig

Seit 1921 gilt in Deutschland das »Gesetz über religiöse Kindererziehung«. Nach diesem Gesetz steht Jugendlichen ab dem 14. Geburtstag »die Entscheidung darüber zu, zu welchem religiösen Bekenntnis es sich halten will. Hat das Kind das zwölfte Lebensjahr vollendet, so kann es nicht gegen seinen Willen in einem anderen Bekenntnis als bisher erzogen werden.«

Neben den großen Konfessionen gibt es heute eine Vielzahl an religiösen Angeboten, die um Mitglieder werben. Nicht alle sind lebensdienlich, manche können sogar zerstörerisch wirken. Auch im Bereich der christlichen Religion gibt es – neben vielerlei Formen besonderer Frömmigkeit – bedenkliche Gruppierungen. Um sich hier »mündig« orientieren zu können, braucht es Information und Kommunikation. Auf den folgenden Seiten werden beispielhafte religiöse Angebote vorgestellt.

»MÜNDIG« IM DUDEN:

- nach Erreichung eines bestimmten Alters gesetzlich zur Vornahme von Rechtshandlungen berechtigt
- als erwachsener Mensch zu eigenem Urteil, selbstständiger Entscheidung befähigt

Prüfet alles,
das Gute behaltet.

1 Thess 5,21

Selbst entscheiden

1. Tauschen Sie sich aus oder notieren Sie für sich, 🔒 welche Entscheidungen Sie selbst schon in Sachen Religion getroffen haben und was Ihre Gründe dafür waren.
2. Erklären Sie den Vergleich der religiösen Angebote mit einem »Markt«.
3. Woher weiß man, was man im »Supermarkt der Religionen« auswählen soll? Beginnen Sie eine Liste (z. B. als digitale Pinnwand): »Gute Religion ist für mich ...«. Diese Liste können Sie auf den folgenden Seiten weiterführen bzw. überprüfen.

Hartmut Zinser, Markt der Religionen (1997)

Jehovas Zeugen ...

INFO Woran glauben Jehovas Zeugen?

Die Glaubensgemeinschaft geht auf den Pittsburgher Kaufmann Charles Taze Russell zurück, der nach einem Bibelstudium 1881 die Wachtturm Gesellschaft (WTG) gründete, die seit 1931 den Namen *Jehovah's Witnesses* trägt. Die Gruppierung sieht sich als einzig wahre Glaubensgemeinschaft, in der nur das gelehrt werde, »was Jesus Christus lehrte«, und man lebe, »wie die Urchristen«. Zwar wird Jesus als »Erlöser und als Sohn Gottes« anerkannt, jedoch wird der Glaube verneint, dass sich Gott selbst in ihm zeigt. Grundlage der Lehre ist die Bibel in der Neue-Welt-Übersetzung der WTG. In dieser wird der Gottesname (→ S. 9) z. B. als »Jehova« wiedergegeben. Die Bibel gilt als wörtlich von Gott eingegeben: Sie weist keine Brüche oder Widersprüche auf; jede Bibelstelle ist als gleichwertig anzusehen. Die Zeugen sind sehr aktiv in der Mission sowie bei Gemeindeveranstaltungen.

Im Zentrum des Glaubens steht die Vorstellung eines nahen Weltendes: Gottes Krieg, Harmagedon (nach Offb 16,16), steht unmittelbar bevor. In diesem Krieg werden alle »Feinde Gottes« vernichtet; Jehovas Zeugen hoffen, dass sie selbst in der Katastrophe verschont werden und dass dann 144.000 besonders treue Zeugen zusammen mit Jesus vom Himmel aus regieren werden. Der Staat wird als von Gott geduldet gesehen, solange seine Gesetze nicht im Widerspruch zu Gottes Geboten stehen. Ein Konfliktthema bis heute ist das Verbot von Bluttransfusionen. Seit 2017 sind die Zeugen als Körperschaft des öffentlichen Rechts anerkannt. Von Kritikern wird der Gemeinschaft z. B. vorgeworfen, blinden Gehorsam zu fordern und ein Netz gegenseitiger Kontrolle zu haben, das einzelne Mitglieder unter starken Druck setze.

Jehovas Zeugen verkaufen an belebten Plätzen ihre Zeitschriften.

»Erwachet«

1. Tauschen Sie sich darüber aus, welche Vorstellungen und Erfahrungen Sie mit Jehovas Zeugen verbinden.
2. Manche Zeugen nehmen auf Antrag am Religionsunterricht teil. Überlegen Sie, was sich an Ihrem Gespräch (Aufgabe 1) ändert, wenn ein*e Mitschüler*in bei Jehovas Zeugen ist.
3. Informieren Sie sich mithilfe der Info und der Seiten der EZW (Evangelische Zentralstelle für Weltanschauungsfragen) über Jehovas Zeugen.
4. Die wichtigsten Publikationsmittel der Zeugen sind die Zeitschriften »Der Wachtturm« und »Erwachet«. Beziehen Sie die Namensgebung auf Glaubensvorstellungen der Zeugen und deuten Sie sie!
5. Vergleichen Sie die Ratschläge der EZW mit dem Bericht von Evi (→ S. 41).
6. Die auf → S. 41 zitierten Sätze hört man häufig. Diskutieren Sie darüber.
7. Prüfen Sie, ob sich an Ihrer Liste über »gute Religion« (→ S. 39, Aufgabe 3) etwas ändert.

… im Gespräch

Evi M. von Jehovas Zeugen erzählt:

Ihr seid uns bestimmt schon begegnet. Weil wir bei euch geklingelt haben. Oder in einer Fußgängerzone, einem Bahnhof, wo wir unseren Stand aufbauen. Nicht, weil wir euch verfolgen – wir wollen euch Informationen anbieten, über die Bibel und über Gott, den wir Jehova nennen.

Einige von euch lassen sich gern auf ein Gespräch ein und nehmen eines von unseren Heften namens Wachtturm mit. Ich empfinde es nicht als Beleidigung, wenn ihr vorbeigeht und mich nicht beachtet.

Gut finde ich, wenn ihr die Konfrontation sucht und mit uns diskutiert. Eine Dame, bei der ich klingelte, bat mich und meine Begleitung zu sich rein. Sie hörte sich in Ruhe an, was wir zu sagen hatten, und entgegnete anschließend: »Vielen Dank, dass ihr euch diese Mühe macht. Davor habe ich wirklich Respekt und ich wollte euch gerne ausreden lassen. Für mich persönlich ist das aber nichts.« Ich habe mich so über diese Reaktion gefreut! Jeder blieb zwar bei seiner Meinung, trotzdem hatte ich die Gelegenheit bekommen, mein Anliegen vorzubringen. Auch wenn man von etwas aus vollstem Herzen überzeugt ist und es gerne tut, ist es nicht immer leicht, dafür einzustehen.

Deshalb: Behandelt uns mit Würde und Respekt. Wenn wir bei euch klingeln und ihr keine Lust auf ein Gespräch habt, sagt das einfach. Wir gehen dann sofort und kommen auch nicht wieder.

aus einer Reportage von Juri Auel

» Mutig, das würde ich mich nicht trauen.

» Die müssen ganz schön was aushalten.

» Ich habe mit ihnen diskutiert, aber die Diskussion dreht sich irgendwie im Kreis.

» Wie können sie sich so sicher sein?

» Mir wäre das zu eng.

INFO

Eine Sekte?

Auf dem »Markt der Religionen« (→ S. 39) findet man neben den großen Religionen und Konfessionen eine Vielfalt weltanschaulicher Sondergemeinschaften bzw. neureligiöser Bewegungen. Manche davon wurzeln im Christentum oder in anderen Religionen. Hier sprach man früher von »Sekten«, heute vermeidet man diesen eher abwertenden Begriff. Andere Bewegungen sind unabhängig von bestehenden Religionsgemeinschaften entstanden.

WIE SOLL MAN SICH VERHALTEN? RATSCHLÄGE DER EZW

Häufig sind Christ*innen ratlos, wenn Jehovas Zeugen unvermittelt an der Wohnungstür stehen. Folgende Hinweise sind hilfreich:

- Streitgespräche mit Jehovas Zeugen sind wenig sinnvoll. Meist sind Laien der geschulten Gesprächsführung der Zeugen nicht gewachsen.
- Sagen Sie deutlich, dass Sie keine weiteren Besuche möchten, andernfalls werden die Zeugen immer wieder sogenannte »Rückbesuche« bei Ihnen versuchen.
- Machen Sie Ihren Besuchern klar, dass Sie sich bei Ihrer Kirchengemeinde (hoffentlich!) gut aufgehoben fühlen und keinen Bedarf sehen, sich einer anderen Gemeinschaft anzuschließen.
- Wenden Sie sich bei weiteren Fragen an das örtliche Pfarramt oder an die EZW.

Während des Nationalsozialismus wurden viele Zeugen z. B. wegen ihrer Ablehnung des Hitlergrußes oder des Kriegsdienstes verfolgt; hier ein Stolperstein aus Salzburg.

Esoterik

Ein Stand mit Heilsteinen auf einer Esoterikmesse

DIE ESOTERIKMESSE »SPIRITUALITÄT & HEILEN«

Esoterik ist bunt. Glücks-, Kraft- und Heilsteine gibt es in allen Farben, Traumfänger mit hellen Federn baumeln an den Tischen. Plakate werben mit »Wunscherfüllungen«, »Jenseitskontakten« und locken mit Fragen: »Wie geht Ihr Leben weiter?« oder »Was waren Sie in Ihrem früheren Leben?« Karma, Energie und Schwingungen sind – auf den Plakaten – allgegenwärtig.

Laut Veranstalter kommen rund 2500 bis 3000 Menschen zu der Berliner Messe, 90 Prozent Frauen. So wie Franziska: »Ich habe vorhin schon ein tolles Gespräch geführt. Es ging darum, dass die Essenz des Lebens die Liebe sei«, sagt die 35-Jährige. Für Esoterik gibt Franziska kaum Geld aus. Damit gehört sie zur Minderheit. Die geschätzten 25 Milliarden Euro, die der boomende Esoterik- und Astrologie-Markt in Deutschland verzeichnet, sprechen eine eindeutige Sprache. Denn obwohl sich immer mehr Menschen von Religion und Glauben abwenden, so ganz aufs Rationale wollen sie sich offenbar nicht verlassen: So ist jeder vierte Deutsche Wunder- und Geisterheilern gegenüber aufgeschlossen. Jeder zweite Westdeutsche glaubt an Wunder und 25 Prozent an die Wiedergeburt. Das klingt erstaunlich. »Glaube kann eine Chance sein. Auch Placebos können ja helfen. Man muss nicht alles immer sofort verteufeln«, so Thomas Klein-Isberner, therapeutischer Leiter einer Klinik für suchtkranke Menschen. Natürlich gibt es die andere Seite der Medaille. »Esoterische Angebote ziehen auch Menschen an, die verängstigt und unsicher sind, die nach Stabilität und Identität suchen«, sagt Klein-Isberner. Vor allem labile Menschen seien anfällig, sich in Esoterik und Astrologie zu verlieren und ihr Leben weniger nach Wissen und Erfahrung auszurichten. »Kritisch ist, dass unterschiedliche Gruppierungen wie z. B. auch Sekten genau in diesem Umfeld Menschen rekrutieren«, so der Therapeut. Es könne eine Beziehungsabhängigkeit entstehen, die (auch) mit hohen Kosten verbunden sein kann. Das kann Menschen finanziell ruinieren.

Melanie Reinsch

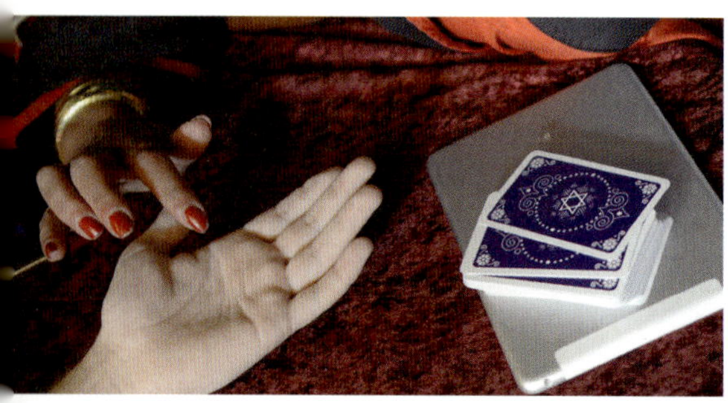

Bei einer Wahrsagerin

? SINNSUCHE – EIN GUTES GESCHÄFT?

Harmlos?

1. Esoterik ist ein weiter Begriff. Erstellen Sie aus dem Text und dem Lexikonartikel eine Mindmap.
2. Sind sie selbst schon Formen von Esoterik begegnet? Tauschen Sie sich über Erfahrungen und Eindrücke aus.
3. Vor dem oben abgebildeten Stand entwickelt sich eine Diskussion: »Lass die Leute doch daran glauben, es schadet doch nichts …« – »Vielleicht ist ja auch was dran …« – »So harmlos finde ich diese Esoterikmode nun auch wieder nicht …«. Führen Sie die Diskussion (z. B. als Fishbowl) weiter.
4. Überprüfen und ergänzen Sie danach Ihre Liste über »gute Religion« (→ S. 39, Aufgabe 3).

Anthroposophie

INFO **Grundgedanken der Anthroposophie**

Die Anthroposophie, wörtlich: »Weisheit vom Menschen« wurde von Rudolf Steiner (1861–1925) begründet. Er sieht in der Anthroposophie einen Erkenntnisweg, »der das Geistige im Menschenwesen zum Geistigen im Weltenall führen möchte«. Diese Entwicklung des Menschen vollzieht sich über viele Erdenleben hinweg – die Anthroposophie glaubt an die Reinkarnation. Dabei wird jedes Leben durch das Karma des vorherigen mitbestimmt und mitgeprägt. Diese Sicht des Menschen wird aus christlicher Sicht kritisiert.

Besonders bekannt geworden ist die Weltanschauung Rudolf Steiners durch die Waldorfpädagogik. 2018 gab es in Deutschland 245 Waldorfschulen und 564 -kindergärten. Durch Bildung sollen Kinder und Jugendliche auf dem Weg zu ihrer geistigen Vervollkommung unterstützt werden. Lernen findet ganzheitlich, in Übereinstimmung mit den Rhythmen des Kosmos statt. Bewegung und kreatives Gestalten spielen eine wichtige Rolle. R. Steiner begründete auch den biologisch-dynamischen Landbau und die anthroposophische Medizin, deren Produkte (z. B. Arzneimittel, Naturkosmetik) heute weit verbreitet sind.

Die »Weisheit vom Menschen«

1. Erkundigen Sie sich nach Waldorfschulen in Ihrer Umgebung.
2. Arbeiten Sie aus der Info und den Seiten der EZW Grundgedanken der Anthroposophie heraus.
3. Mit dem Morgenspruch (unten) beginnt in vielen Waldorfschulen der Tag. Entdecken Sie darin Typisches für die anthroposophische Sicht von Mensch und Welt (vgl. Aufgabe 2).
4. Vergleichen Sie den Morgenspruch mit einem christlichen Morgenlied (z. B. EG 454).
5. Menschen fragen nach Sinn (→ S. 34–37) – religiöse Gemeinschaften und Strömungen bieten Antworten an. Formulieren Sie für die religiösen Strömungen, die Sie in diesem Kapitel kennengelernt haben (Jehovas Zeugen, Esoterik, Anthroposophie, ggf. auch andere), solche Antworten. Benennen Sie Gemeinsamkeiten und Unterschiede.

Morgenspruch für die 5.–12. Klasse

Ich schaue in die Welt,
in der die Sonne leuchtet,
in der die Sterne funkeln,
in der die Steine lagern,
die Pflanzen lebend wachsen,
die Tiere fühlend leben,
in der der Mensch beseelt
dem Geiste Wohnung gibt.

Ich schaue in die Seele,
die mir im Innern lebt,
der Gottesgeist, er webt
im Sonn- und Seelenlichte,
im Weltenraum da draußen,
in Seelentiefen drinnen.

Zu dir, o Gottes Geist,
will ich bittend mich wenden,
dass Kraft und Segen mir
zum Lernen und zur Arbeit
in meinem Innern wachse.

Rudolf Steiner

Verschwörungstheorien

Demonstrationen während der Corona-Pandemie

VERSCHWÖRUNGSTHEORIEN WÄHREND DER CORONAPANDEMIE

Auszug aus einem Interview mit dem Theologen und Fundamentalismus-Experten Christoph Urban

Herr Urban, im Netz und auf Demonstrationen tauchen gerade immer mehr Menschen auf, die eine Verbindung zwischen dem Coronavirus und geheimnisvollen Mächten herstellen. Warum ist das so?

Die Bedrohung durch Corona schafft offensichtlich ein Bedürfnis nach Sinnstiftung und Vereinfachung. Viele Menschen fühlen sich überrollt. Sie suchen nach Erklärungen. Das machen sich die Verschwörungstheoretiker zunutze.

Was bieten die Theoretiker an?

Gemeinsam ist allen Verschwörungstheorien, dass sie unterstellen: Die Herrschaftsverhältnisse sind nicht so, wie sie zu sein scheinen. Es sind dunkle Mächte am Start, die die Weltherrschaft an sich reißen wollen.

Auf Corona bezogen heißt das?

Dass einige behaupten, Corona existiere gar nicht oder sei eine in chinesischen Laboren gezüchtete Biowaffe. Ein weiterer Mythos gibt die Schuld an der Krankheit dem Gründer einer großen Softwarefirma. Er wolle mit dem Virus die Interessen der von seiner Stiftung getragenen Impfkampagne nach vorne bringen. Manche konservative Christen schließlich bezeichnen das Virus als Strafe Gottes – beispielsweise für eine angeblich zu liberale Haltung zur Homosexualität. Die Pandemie steht dabei nicht selten als Chiffre für Weltuntergangsszenarien.

Sie sind evangelischer Pastor – wie sollte man mit den Verschwörungstheoretikern aus seelsorglicher Sicht umgehen?

Den harten Kern zu erreichen, ist unglaublich schwer. Es gehört ja gerade zur Identität dieser Gruppierungen, dass sie sich für besonders halten, aber gleichzeitig von der Mehrheit abgelehnt werden. Alle anderen sind für sie nur »Schlaf-Schafe«, also Teil einer willenlosen Herde. Aus dieser Geisteswelt gelingt der Ausstieg letztlich nur mit Glück und professioneller Hilfe.

Zu einfach!

1. Tragen Sie zusammen, was Sie über Verschwörungstheorien wissen und wo Sie ihnen ggf. begegnet sind.
2. Geben Sie wichtige Gedanken des Interviews mit eigenen Worten wieder. Fassen Sie anschließend in einem Satz zusammen, wie Verschwörungsglaube und Sinnsuche zusammenhängen.
3. Schreiben Sie einen Blogartikel gegen Verschwörungstheorien aus christlicher Sicht. Sie können dazu Bibeltexte wie Ps 37,5, Jes 41,10; Gal 5,1; Mt 6; 1 Thess 5,21 verwenden, aber auch an Martin Luther (→ S. 75) anknüpfen.

Christlicher Fundamentalismus

CHRISTLICHER FUNDAMENTALISMUS

Christliche Fundamentalisten sagen, sie würden aus der Bibel die richtige Politik für ihr Land entnehmen, die richtigen staatlichen Gesetze, die Regeln für das richtige Familienleben, für die richtige Wissenschaft und so weiter. Der christliche Fundamentalismus ist eine politische Bewegung, weil Fundamentalisten versuchen, den Staat und die Gesellschaft nach dem zu formen, was sie für biblische Regeln und für den Willen Gottes halten. Sie wollen auch eine andere Wissenschaft. Fast alle lehnen zum Beispiel die Naturwissenschaften ab, vor allem die Idee der Evolution. Sehr viele Fundamentalisten behaupten auch, dass es keine Veränderung des Klimas durch den Menschen gibt. Manche Fundamentalisten lassen ihre Kinder keine staatliche Schule besuchen. Sie meinen, dort würde Unmoral gelehrt.

In den USA spielt der christliche Fundamentalismus (anders als in Deutschland) in der Politik eine wichtige Rolle. Woher kommt das Wort Fundamentalismus? Von 1910 bis 1915 wurden in den USA eine Reihe von Schriften veröffentlicht mit dem englischen Titel: »The Fundamentals – a Testimony to the Truth« (»Die Fundamente – ein Zeugnis für die Wahrheit«). Diese Schriften wurden von konservativen Protestanten geschrieben, die den Zerfall ihrer Religion befürchteten. Sie wurden damals von vielen Millionen Menschen gelesen. Daraus entstand das Wort »Fundamentalismus«.

? ENTWEDER – ODER. WIR – DIE ANDEREN. WARUM FUNKTIONIERT DAS IMMER WIEDER?

Für Christen, die nicht Fundamentalisten sind, ist die Bibel kein Lehr- und Regelbuch. Die Bibel berichtet von dem, was Gott getan hat und heute noch tut. Sie erzählt von Jesus Christus. Man tut der Bibel unrecht, wenn man sie gegen die Wissenschaft benutzt. Christen haben die Freiheit, in Fragen von Politik, Recht und Moral nach ihrem Gewissen und ihrer Vernunft Entscheidungen zu treffen. In der Wissenschaft sind Christen frei, die Welt zu erforschen. Irrtumslos ist für Christen nur Gott. Kein menschliches Wissen ist unfehlbar, auch wenn es sich auf die Bibel beruft.

Aus einer Broschüre der EZW

»Bereue oder gehe zugrunde«

1. Auf dem abgebildeten Transporter wird für wichtige Anliegen amerikanischer Fundamentalisten geworben. Übersetzen und erläutern Sie sie mithilfe der Info der EZW.
2. Zeigen Sie an einem Beispiel (z. B. aus 1 Mose 1–3), wie sich fundamentalistisches und nichtfundamentalistisches Bibelverständnis unterscheiden. Sie können auch ein Streitgespräch führen.
3. Begründen Sie, warum christliche Fundamentalisten manchmal anfällig für Verschwörungstheorien sind (→ S. 44).
4. Ergänzen Sie die Liste von → S. 39 (Aufgabe 3) zu »guter Religion«.

Da die Schrift vollständig und wörtlich von Gott gegeben wurde, ist sie in allem, was sie lehrt, ohne Irrtum oder Fehler. Dies gilt nicht weniger für das, was sie über Gottes Handeln in der Schöpfung, über die Geschehnisse der Weltgeschichte und über ihre eigene, von Gott gewirkte literarische Herkunft aussagt, als für ihr Zeugnis von Gottes rettender Gnade im Leben einzelner.

Aus dem Vorwort der Chicago-Erklärung

Besonders ...

WAS IST EVANGELIKAL?

Das Wort »evangelikal« bezeichnet eine spezielle Strömung innerhalb des Protestantismus. Ihre Wurzeln liegen im Pietismus, in der Erweckung des 19. Jahrhunderts und im Methodismus. Folgende Merkmale sind kennzeichnend für evangelikale Frömmigkeit: Im Mittelpunkt des Glaubens stehen Kreuz und Auferstehung Jesu Christi; die Bibel gilt als höchste Autorität und wird oft wörtlich ausgelegt; persönliche Glaubensentscheidungen und -erfahrungen sind notwendig (»Wiedergeburt«) und die Frömmigkeit ist von Gebet, Nachfolge, Zeugendienst, Evangelisations- und Missionsauftrag geprägt. Hinzu kommt die Rede von der Wiederkunft Christi mit Gericht (Heil und Verdammnis).

Evangelikale Christen gehören nicht nur verschiedenen Freikirchen an (hier besonders den freikirchlich-evangelischen Gemeinden), sondern auch den Landeskirchen (dort bilden sie die Landeskirchlichen Gemeinschaften, zusammengeschlossen im Gnadauer Gemeinschaftsverband). In der Evangelischen Allianz in Deutschland (gegründet 1866) sind heute überwiegend evangelikal orientierte Einzelpersonen, Werke und Gemeinden zusammengeschlossen.

Anne Kampf

HILLSONG

*Die **Hillsong Church**, 1983 in Australien gegründet, ist eine evangelikale Freikirche. Aufrüttelnde Predigten, jugendliche Sprache und Livekonzerte machen die Gottesdienste v. a. für junge Gläubige so attraktiv, dass beispielsweise in New York jeden Sonntag bis zu 8000 Leute zum Gottesdienst kommen. Auch in verschiedenen deutschen Städten gibt es Gemeinden. Hier berichtet die Journalistin Julia Kopatzki über einen Gottesdienst in Berlin:*

Es wird dunkel im Kino und auf der Leinwand zählt ein Countdown herunter: 3, 2, 1. Applaus donnert durch die Reihen, es blitzt. Menschen stürmen auf die Bühne. Die ersten Töne scheppern durch die Dunkelheit. Es werde Licht. Die Besucher sind von ihren Plätzen aufgesprungen, sie jubeln. Der Gottesdienst beginnt immer mit »Worship«, Verehrung und Bewunderung: Songs, die Jesus lobpreisen. Mit klassischen Kirchenliedern haben die nicht viel gemein: Pop, Rock, Electro, die fast zehnköpfige Band kennt keine Genregrenzen, nur der Text erinnert daran, dass das hier ein Gottesdienst und kein Rockkonzert ist. »Jesus loves me, this I know. I won't forget the Bible says, that he loves me so.« Die Hauptperson ist immer Jesus, der Text wird auf die Kinoleinwand projiziert, alle singen mit.

? MUSS DER GLAUBE BEDÜRFNISSE BEFRIEDIGEN?

Pfingstgottesdienst der Hillsong Church auf dem Trafalgar Square in London

In ihrem post-evangelikalen Podcast regen »Jay und Gofi« auf humorvolle Weise zum Nachdenken über religiöse Themen an, hier: Leben zwischen Glauben und Nichtglauben-Können.

... fromm

ALLTAG MIT GOTT

Draußen erwacht Stuttgart. Nahe dem Zentrum, Furtbachstraße, steigen die Mädchen hinauf ins Dachgeschoss, wo die Jungs wohnen. Sie sitzen um die große ovale Tafel mit den shabby-schicken Stühlen vom Sperrmüll. Hier beginnen sie den Tag mit ihrem wichtigsten Begleiter, der keinen Stuhl braucht und doch mit am Tisch sitzt, würden sie hier sagen. Die Gruppe liest die Tageslosung. Legt sie aus, spricht darüber und betet. Auch dafür, dass Annettes verstauchter Zeh bis zur Fußballfreizeit wenige Tage später geheilt ist. Dann gehen sie los, studieren oder arbeiten. Insgesamt 25 junge Leute wohnen in Stuttgart in den WGs der Apis, der Altpietisten.

Annette (23) hat lange blonde Haare, zusammengebunden. Sie rollt das R und strahlt mit den Augen. Bei den Apis strickt sie weiter zielstrebig an ihrer Berufskarriere. Sie hat sich in einem Sozialpraktikum in Karlsruhe mit Opfern von Menschenhandel beschäftigt, sie hat Ungarisch gelernt. Jetzt baut sie mit den Apis ein Frauenhilfehaus im Stuttgarter Rotlichtviertel auf. Annette spricht nicht von Karriere. »Das war von ihm persönlich so eingefädelt«, sagt Annette. Sie spricht von Gott.

Auch Thomas (25), groß bis zum Türrahmen, schwarze, dickrandige Brille, Frisur dunkelblond ungestylt, will den Pietismus erklären. Sie sitzen am Küchentisch in Annettes WG. »Was ich von meinen Eltern mitbekommen habe, ist Pietismus: Eine Betonung auf der Beziehung zu Jesus und Gott, mit ihm durch den Alltag zu gehen, und dass die Bibel eine Autorität für mich ist«, sagt Thomas. Er wohnt seit zweieinhalb Jahren in der WG. Er sagt: »Gott ist die Konstante in meinem Leben.«

Lena Müssigmann

FROMM IM NETZ

»Post-evangelikal« – so nennt sich die Bewegung, die sich in den vergangenen Jahren hauptsächlich über den Austausch im Netz zusammengefunden hat. Sie besteht aus Menschen, denen die christliche Botschaft überaus wichtig ist. In Podcasts, Blogs und in den Sozialen Medien wollen die »Post-Evangelikalen« eine neue Form von Frömmigkeit leben: frei, sozial und ökologisch engagiert.

Der Name »post-evangelikal« setzt sich zusammen aus »evangelikal«, weil die Anhänger eine starke Bibelfrömmigkeit empfinden, wie sie beispielsweise in vielen evangelischen Freikirchen gelebt wird. Und »post«, da sie sich doch auch nicht mehr der freikirchlichen Szene zugehörig fühlen, weil sie sich dieser ebenso entwachsen fühlen wie klassischer Gemeindefrömmigkeit.

Aus einer Rundfunkdokumentation

Besondere Frömmigkeitsformen

1. Auf dieser Doppelseite wird von jungen Menschen erzählt, die ihren Glauben anders, intensiver leben wollen. Arbeiten Sie heraus, was sie bewegt, was sie sich wünschen.
2. Stellen Sie sich vor, sie wären in einer der Gruppen zu Gast. Formulieren Sie Fragen, die Sie stellen würden.
3. Annette und Thomas, Jay und Gofi sowie die Besucher*innen der Hillsong-Church würden sich vermutlich nicht als »fundamentalistisch« verstehen wollen. Begründen Sie dies mithilfe von → S. 44f.
4. »Evangelikal« – »fundamentalistisch« – »ausgeprägt fromm«: Diese Begriffe werden nicht immer trennscharf verwendet. Arbeiten Sie aus den Seiten → 45–47 in Form einer Tabelle Unterscheidungen heraus.

Toleranz …

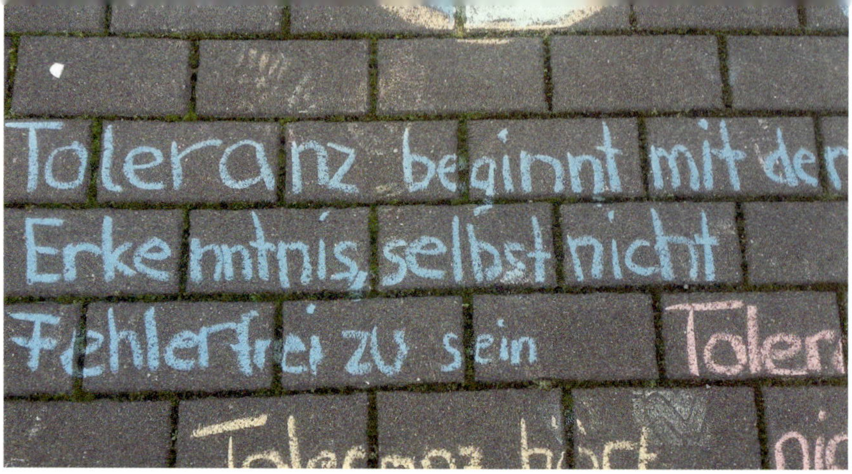

Zum »Tag der Toleranz« gestalteten Schüler*innen ihren Schulhof.

Jeder kann denken, was er will.

Ich halte nichts davon, aber wenn's ihr hilft …

Religion ist Privatsache.

Es fällt mir schwer, aber sie hat sich so entschieden.

Man kann das so oder so sehen.

Das geht gar nicht.

Ich müsste mehr darüber wissen.

»Toleranz« kommt von »ertragen«

1. Entscheiden und begründen Sie, welche der Zitate (oben) für Sie zu »Toleranz« passen und welche nicht.
2. »Toleranz bedeutet für mich …« – »Toleranz hört für mich da auf, wo …« – ergänzen Sie diese Sätze zunächst für sich persönlich und vergleichen Sie sie dann mit den Aussagen von H. Bedford-Strohm.
3. Entwerfen Sie Ideen für eine »Schule für Toleranz«.
4. Erläutern Sie Art. 4 des Grundgesetzes. Finden Sie Beispiele, wo dieses Grundrecht mit anderen in Konflikt kommen kann.
5. Untersuchen Sie den Satz aus dem Leitbild der ELKB daraufhin, welche Vorstellung von einer »guten Religion« und von Toleranz darin zum Ausdruck kommt.

Als Evangelisch-Lutherische Kirche in Bayern wollen wir offen und deutlich, aufgeschlossen und verlässlich dem Glauben und dem Leben dienen.
Aus dem Leitbild der ELKB

AUS EINEM INTERVIEW MIT HEINRICH BEDFORD-STROHM

Was bedeutet Toleranz für Sie und Ihren Glauben?
Toleranz hat eine ganz zentrale Bedeutung für meinen Glauben. Mit Toleranz verbinde ich die Achtung vor der Würde des Menschen. Jeder Mensch ist geschaffen zum Bilde Gottes – so sagt es die biblische Schöpfungsgeschichte. Ein Mensch kann anders sein. Ein Mensch kann vielleicht sogar nerven. Aber die Menschenwürde verliert er nie und deswegen verdient er die Achtung seiner Mitmenschen. Toleranz hört für mich da auf, wo die Menschenwürde missachtet wird. Dagegen muss man klare Flagge zeigen.

Warum sollte ein Mensch, der an Jesus Christus glaubt, tolerant sein?
Weil Jesus seinen Willen anderen nie mit Gewalt aufgezwungen hat. Er hat andere Menschen mit seiner Botschaft von der Liebe Gottes inspiriert und begeistert. Er hat sie mit Gleichnissen und Bildern verständlich gemacht. Er hat die Nächstenliebe gepredigt. Er hat die Barmherzigen, die Sanftmütigen, die Friedensstifter und die, die hungern und dürsten nach der Gerechtigkeit seliggepriesen. Das alles sind Haltungen, aus denen die Toleranz lebt. Sie stehen im Widerspruch zu jeder Form der Intoleranz.

AUS ARTIKEL 4 DES GRUNDGESETZES:

(1) Die Freiheit des Glaubens, des Gewissens und die Freiheit des religiösen und weltanschaulichen Bekenntnisses sind unverletzlich.
(2) Die ungestörte Religionsausübung wird gewährleistet.

… hat Grenzen

Neben der EZW gibt es in den verschiedenen Landeskirchen Arbeitsstellen für Weltanschauungsfragen, die über religiöse Sinnangebote beraten und Tipps zum Umgang mit ihnen geben können. Die »Yolo-Karten« links wurden von der betreffenden Arbeitsstelle der Evangelischen Landeskirche in Baden entwickelt. Sie weisen darauf hin, wann im Umgang mit religiösen Sinnangeboten Vorsicht geboten ist. Jede Karte wird auf der Homepage erklärt, wie zum Beispiel hier zu der Karte Love Bombing:

WENN du in einer Gemeinschaft bist,
- die dir ständig sagt, wie toll du bist
- die dir dauernd Nachrichten auf dein Handy schickt
- in der lauter »Seelenverwandte« von dir sind
- die dir einredet, dass dein altes Umfeld nichts taugt und du hier endlich zuhause bist

DANN bist du vielleicht in einer problematischen Gemeinschaft. Das kann passieren.

Wenn Religion gefährlich wird …

1. Deuten Sie die Yolo-Karten in arbeitsteiligen Gruppen. Verfassen bzw. recherchieren Sie Erklärungen dazu. Prüfen Sie, welche Karten zu den in diesem Kapitel dargestellten Sinnangeboten passen.
2. Wenn Sie Merkmale »guter Religion« gesammelt haben (→ S. 39, Aufgabe 3), vergleichen Sie sie mit den Karten. Gestalten Sie ggf. weitere Karten.
3. Informieren Sie sich über das Beratungsangebot der Evangelischen Kirche in Bayern. Sie können eine*n Expert*in einladen oder sich Infomaterial zuschicken lassen.
4. Diskutieren Sie die Ratschläge (rechts). Ergänzen Sie die Liste: »Was mache ich, wenn ich selbst von problematischen religiösen Gruppierungen kontaktiert werde?«.

WAS MACHE ICH, WENN …

*ein*e Freund*in / Angehörige*r mit problematischen religiösen Gruppierungen Kontakt hat?*

- keine Vorwürfe machen, sondern fragen, zuhören, das Gespräch aufrechterhalten
- sich über die Gruppierung informieren
- Eltern und/oder Lehrkräfte ins Vertrauen ziehen
- professionelle Hilfe suchen, zum Beispiel in einer Beratungsstelle für Weltanschauungsfragen
- die Bedürfnisse und Sehnsüchte des/der Betroffenen zu verstehen versuchen: Was treibt ihn/sie in diese Gruppe?
- den Kontakt mit dem/der Betroffenen aufrechterhalten, ggf. etwas unternehmen
- Ihn/sie auf keinen Fall mit Geld unterstützen

Im Zusammenhang

Menschen fragen nach Sinn und sehen sich mit einer Vielzahl von Sinnangeboten, gerade auch im religiösen Bereich, konfrontiert. Solche Angebote gilt es kritisch zu hinterfragen: Was ist gut für mich? Wenn Sie dieses Kapitel durchgearbeitet haben, können Sie

- unterschiedliche Sinnangebote beschreiben und beurteilen
- Notwendigkeit und Grenzen der Toleranz gegenüber bestimmten Formen begründen

Testen Sie es!

In der Folge »Anbieterwechsel« aus der Comedy-Serie »Der Tatortreiniger« muss Tatortreiniger Schotty ein Geschäft aufräumen, wo es einen Fall von gezieltem Vandalismus gegeben hat. Die Inhaberin des Ladens erklärt dem Tatortreiniger ihr Geschäftsmodell: Bei ihr können Menschen eine maßgefertigte, individuelle Religion kaufen. Dazu gehört eine Philosophie mit den wesentlichen religiösen Inhalten. Es gibt Symbole und Kultgegenstände, auch diese sind auf die Persönlichkeit der Kunden zugeschnitten. Schotty fragt wie immer interessiert, aber auch kritisch nach.

Wählen Sie eines der im Kapitel behandelten Sinnangebote aus und fassen Sie die für einen »Verkauf« wichtigen Informationen zusammen (z. B. wesentliche Inhalte, Personenkreis, für den es geeignet ist, Wirkungsweise und ggf. Nebenwirkungen, typischer Gegenstand ...).

Entwerfen und (ggf.) inszenieren Sie ein Verkaufsgespräch zwischen der Ladeninhaberin und einem kritischen Kunden.

Erörtern Sie den folgenden Einwand Schottys im Film: »Ich meine, man sucht sich seine Religion doch nicht so aus wie ein Handy? Ich frage mich einfach, ob Gott und sowas in ein Kundenprofil reinpasst oder ob das nicht irgendwie größer sein müsste!«

3 Mittendrin

Kirche in der Welt

Offene Türen ...

Meine Kirche

Meine Kirche ist ein Haus mit offnen Türen,
sie hat ein Fundament, das ewig hält und trägt.
In weiten Räumen ist ein Geist zu spüren,
der Liebe wagt, von Gott geprägt.
Sie hat ein Dach, das vielen Obdach spendet,
durch bunte Fenster strahlt Lebendigkeit,
an ihren Tischen manche Not sich wendet,
sie schenkt stets neu Geborgenheit.

Ref.: Meine Kirche, jetzt und hier,
meine Kirche lebt von dir und mir.
Meine Kirche, jetzt und hier,
meine Kirche lebt von dir und mir.

Eugen Eckert

Kirche – ein Ort offener Türen?

1. Erinnern Sie sich, durch welche Türen Sie heute schon gegangen sind, und beschreiben Sie unterschiedliche Gefühle, die Sie dabei hatten.
2. Stellen Sie sich vor, Sie stehen vor der Kirchentür auf → S. 51. Formulieren Sie Ihre Gedanken.
3. Kirche ist mehr als das Gebäude. Arbeiten Sie heraus, wie der Verfasser des Liedes »Meine Kirche« Elemente des Kirchengebäudes deutet und was es für ihn zu »seiner« Kirche macht.
4. Erläutern Sie die Begegnungen mit Kirche, die die Bilder dieser Seite zeigen.
5. Wo haben Sie Kirche als Ort offener Türen erlebt? Wo waren Türen (auch im übertragenen Sinn) verschlossen? Tauschen Sie sich über Ihre eigenen Erfahrungen aus.
6. Entwerfen Sie einen Kircheneingang, durch den Sie gerne hineingehen wollen. Bedenken Sie dabei Material, Form, Schmuckelemente, christliche Symbole und passende Bibelverse.

... für alle!

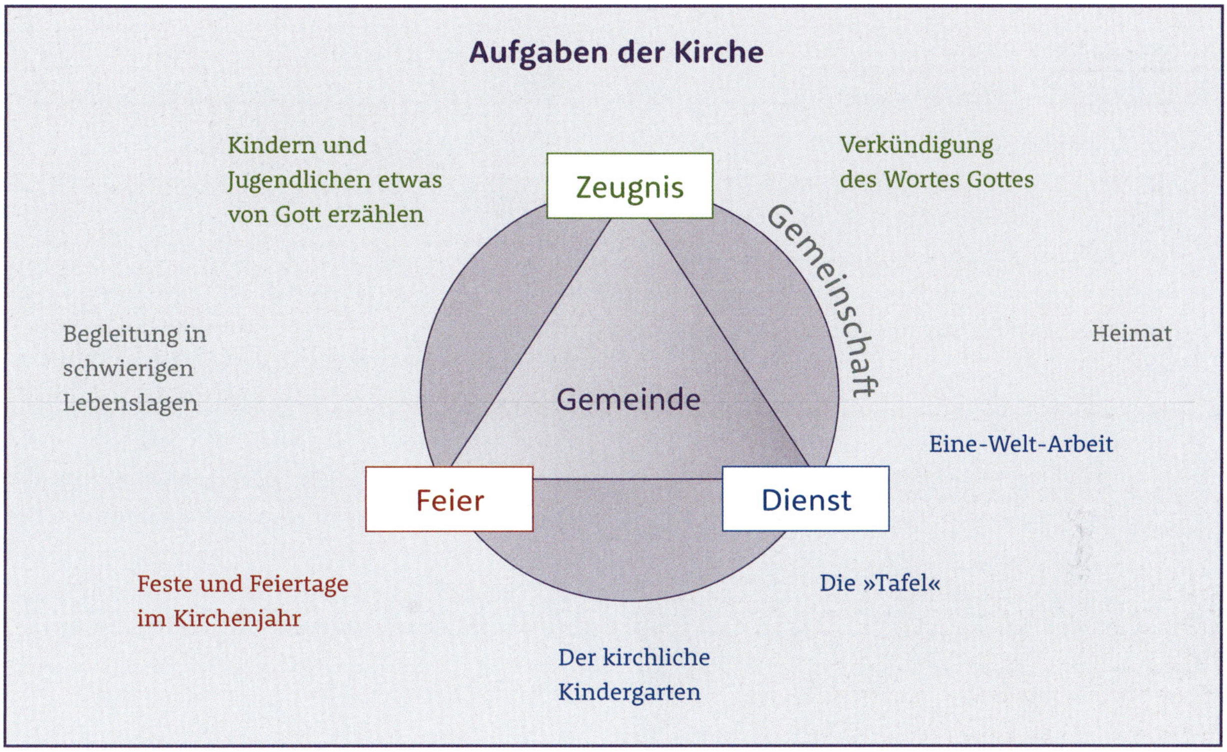

DAS LEBEN IN DER GEMEINDE

42 Die Menschen, die zum Glauben gekommen waren,
trafen sich regelmäßig
und ließen sich von den Aposteln unterweisen.
Sie lebten in enger Gemeinschaft,
brachen das Brot miteinander und beteten.
44 Alle Glaubenden hielten zusammen
und verfügten gemeinsam über ihren Besitz.
45 Immer wieder verkauften sie Grundstücke
oder sonstiges Eigentum.
Den Erlös verteilten sie an die Bedürftigen –
je nachdem, wie viel jemand brauchte.
46 Tag für Tag versammelten sie sich
als Gemeinschaft im Tempel.
In den Häusern hielten sie die Feier des Brotbrechens.
Apg 2,42–47 (BasisBibel)

? KEIN EIGENER BESITZ?

» *Kirche ist die Gemeinschaft aller Getauften.*

» *Kirche ist die Gemeinschaft aller Glaubenden.*

Gemeinde – vielfältige Begegnungen

1. Erklären Sie die Grafik.
2. Lesen Sie den Text Apg 2,42–47 und stellen Sie anschließend einen Zusammenhang her zwischen dem Bibeltext und der Grafik.
3. Die grundlegenden Aufgaben der Kirche werden in der Grafik an einigen Beispielen verdeutlicht. Ordnen Sie die Bilder (→ S. 52) der Grafik zu und ergänzen Sie weitere Beispiele. Sie können dazu auf Internetseiten der evangelischen Kirche recherchieren.
4. Diskutieren Sie die beiden kurzen Definitionen von Kirche (oben).

Raum für Gemeinschaft

INFO **Das Wort »Kirche«**
Das Wort »Kirche« stammt ursprünglich vom altgriechischen Wort *»kyrios«* (der Herr) ab. Von der Wortherkunft kommen »Kirche« zwei Bedeutungen zu: »Kirche« bezeichnet einerseits das »Haus des Herrn«, also den Kirchenraum, andererseits bezeichnet »Kirche« aber auch die »Gemeinschaft aller Glaubenden«.

Evangelisch-Lutherische Kirche in Bayern

AUS DEM SELBSTVERSTÄNDNIS DER EVANGELISCH-LUTHERISCHEN KIRCHE IN BAYERN

Wir sind Evangelisch-Lutherische Kirche in Bayern, verbunden mit den Menschen, den Landschaften und ihrer Geschichte, mit dem ganzen Gemeinwesen. Die bayerische Landeskirche weiß sich von Gott an ihren unverwechselbaren Ort gestellt. Themen und Fragen, Hoffnungen, Sehnsüchte und Ängste, die Menschen bewegen, sind auch die unseren. Die meisten unserer Mitglieder sind Bürgerinnen und Bürger Bayerns. In den Gemeinden vor Ort finden darüber hinaus auch Zuwanderer, Flüchtlinge und Vertriebene eine Heimat. Kirchengemeinden und politische Gemeinden nehmen vielerorts gemeinsam ihre Verantwortung für die Menschen in ihrem Bereich wahr.

VESPERKIRCHE IN NÜRNBERG

Die Idee: Die Gemeinde öffnet in der kalten Jahreszeit den Kirchenraum, ihren besten und wichtigsten Raum, ihr »Wohnzimmer«. Alle sind eingeladen. Alle bekommen eine warme Mahlzeit für einen symbolischen Preis von einem Euro und warme Getränke. Wer möchte, kann zusätzliche Angebote, wie den Friseur oder Beratung annehmen. Unsere Kirche für alle.
Aus dem Internetauftritt der Vesperkirche Nürnberg

Haus der Gemeinschaft

1. Informieren Sie sich über »Vesperkirchen«.
2. Stellen Sie sich vor, Sie wären Gast in der Vesperkirche. Überlegen Sie sich, in welcher Situation Sie sind und warum Sie da sind. Bleiben Sie in dieser Rolle und bilden mit anderen eine Tischgruppe. Welches Gespräch könnte sich entwickeln? Stellen Sie es nach.
3. Deuten Sie das Logo der Evangelisch-Lutherischen Kirche in Bayern (ELKB) (oben) ausgehend von dem Text über das Selbstverständnis der ELKB.

Raum für Demokratie

KIRCHE ALS GEMEINSAME AUFGABE: DIE STRUKTUR DER EVANGELISCHEN KIRCHE IN DEUTSCHLAND (EKD)

Die evangelische Kirche entsteht als der Zusammenschluss der Protestanten von unten herauf. Kirche bedeutet dadurch für jeden Menschen etwas Eigenes. Jeder hat eigene Erlebnisse in seiner Gemeinde, mit seinem Glauben und der christlichen Botschaft.
Trotzdem braucht die Kirche eine zentrale Institution, die all das zusammenfassen und nach außen tragen kann. Die EKD ist ein Dach, unter dem sich die ganze Vielfalt des protestantischen Glaubens in Deutschland wiederfindet. In der Evangelischen Kirche in Deutschland hat die Gemeinschaft von 20 Landeskirchen ihre institutionelle Gestalt gefunden.
Die demokratisch verfassten und gewählten Leitungsgremien der EKD tragen die Verantwortung für die Wahrnehmung der Aufgaben der EKD.
Frank Muchlinsky

INFO **Kirchenverständnis im Vergleich**

Im Katholizismus gilt als Aufgabe der Kirche, das Heil Gottes zu den Menschen zu bringen. Ohne die Vermittlung der Kirche kann der Mensch kein Heil erlangen.
Martin Luther grenzte sich davon ab. Aus seiner Sicht vermittelt nicht die Kirche das Heil, sondern Jesus allein ist dafür zuständig und schenkt den Menschen Heil aus Gottes Gnade heraus. Die Aufgabe der Kirche ist hier, den Menschen das Wort Gottes nahezubringen durch Gottesdienste, Predigten, Taufe und Abendmahl.

Gemeinschaft braucht Ordnung

1. Recherchieren Sie, welche Landeskirchen auf der Karte abgebildet sind; ziehen Sie Vergleiche zur politischen Landkarte Deutschlands.
2. »Kirche von unten« – »Kirche von oben«. Erläutern Sie diese Unterscheidung mithilfe der beiden Texte.
3. Recherchieren Sie die Aufgaben einer Dekanin/eines Dekans, einer Kirchenvorsteherin/eines Kirchenvorstehers, einer Vertrauensfrau/eines Vertrauensmanns. Finden Sie heraus, wer diese Aufgaben bei Ihnen in der Gemeinde übernommen hat und laden Sie ggf. eine dieser Personen in den Unterricht ein.
4. »Kirche ist mehr als eine Organisation, mehr als ein Gebäude, mehr als eine Gemeinschaft.« Erklären Sie diese Aussage anhand von Beispielen.

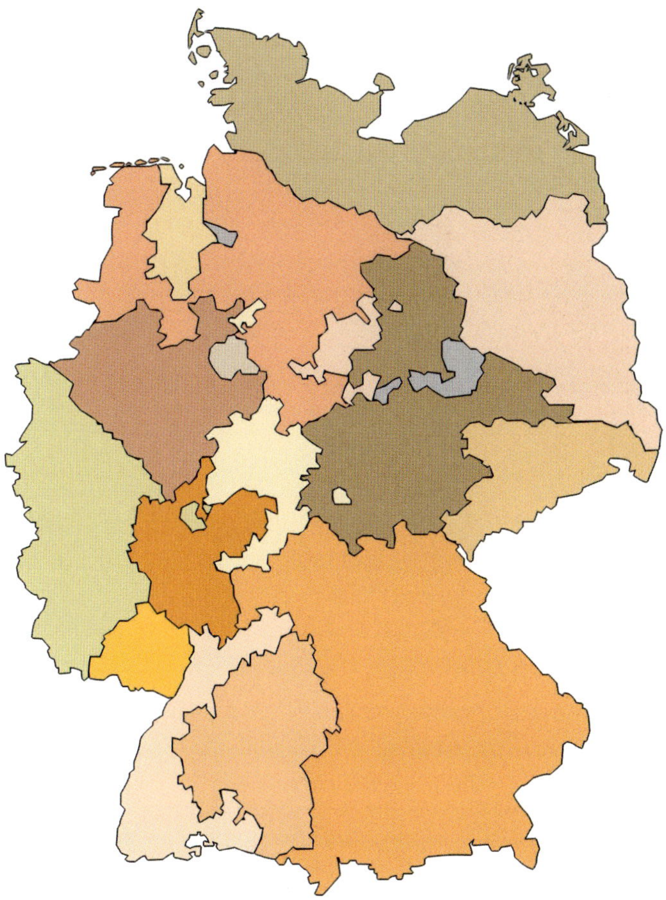

Die 20 Landeskirchen der Evangelischen Kirche in Deutschland (EKD)

Kirche in der NS-Zeit

INFO **Die Bewegung der »Deutschen Christen«**

Im Protestantismus in Deutschland war es im 19. und beginnenden 20. Jahrhundert weit verbreitet, den Glauben an Gott sehr eng zu verknüpfen mit der Treue zur Nation: Das deutsche Volk wurde als von Gott auserwählt betrachtet. Im Nationalsozialismus wurde diese Denkweise noch einmal zugespitzt und an die Ideologie der Nationalsozialisten angepasst. Entsprechend forderte die Kirchenpartei der »Deutschen Christen«, dass alle Landeskirchen zu einer Nationalkirche verschmelzen sollen. Diese neue Nationalkirche sollte dem Führerprinzip folgen und von einem Reichsbischof geleitet werden. Das Motto der »Deutschen Christen« lautete: »Ein Volk! Ein Gott! Ein Reich! Eine Kirche!«
1933 gewannen die »Deutschen Christen« mit großer Mehrheit die Kirchenwahlen in Deutschland, Ludwig Müller wurde in der Folge zum Reichsbischof gewählt.

DIE RICHTLINIEN DER »DEUTSCHEN CHRISTEN« VOM 26. MAI 1932

Wir sehen in Rasse, Volkstum und Nation uns von Gott geschenkte und anvertraute Lebensordnungen, für deren Erhaltung zu sorgen, uns Gottes Gesetz ist. Daher ist der Rassenmischung entgegenzutreten.
Wir wissen etwas von der christlichen Pflicht und Liebe den Hilflosen gegenüber, wir fordern aber auch Schutz des Volkes vor den Untüchtigen und Minderwertigen.

Ein »deutsches Christentum«

1. Tauschen Sie sich über die Wirkung der Bilder dieser Doppelseite aus.
2. Bewerten Sie die Glaubensgrundsätze der »Deutschen Christen«, wie sie sich aus den Materialien dieser Seite ergeben, aus christlicher Perspektive. Nutzen Sie als Grundlage Ihr Wissen über Mensch und Gott im Christentum (vgl. Kap. 1 und 4).

Seitenaltar der Antoniterkirche in Köln, 1935

» Adolf Hitler ist für unsere lutherische Frömmigkeit wahrhaft der Führer von Gottes Gnaden. Sein Auftrag ist unmittelbar von Gott und sein Befehl ist Gottes Befehl!

(Hugo Rönck, Bischof von Thüringen und Mitglied der »Deutschen Christen«, in einer Predigt vom Juli 1944)

Reichsbischof Ludwig Müller zeigt den Hitlergruß.

»Deutsche Christen« und das Judentum

INFO

Christentum ohne Judentum

Ein weiteres zentrales Anliegen der »Deutschen Christen« war die »Entjudung«. Alle Hinweise auf das Judentum sollten aus Bibeltexten und Kirchenliedern gestrichen werden. Das Ziel dieses Vorgehens war, die jüdischen Wurzeln des Christentums zu tilgen. Hierzu wurde an einer »entjudeten Volksbibel« und an einem »entjudeten Gesangbuch« gearbeitet. Außerdem durften Personen mit jüdischen Eltern oder Großeltern nicht mehr im Kirchendienst tätig sein (⊸ Arierparagraph).

Die Nationalkirche
Briefe an deutsche Christen
Herausgeber: Siegfried Leffler
Schriftleitung: Heinz Dungs
Nummer 46
Weimar, im Dezember 1937
6. Jahrgang
Christus
der Todfeind des Judentums!

Ausschnitt einer Titelseite einer Zeitung der »Deutschen Christen«

»So glaube ich heute im Sinne des allmächtigen Schöpfers zu handeln: Indem ich mich des Juden erwehre, kämpfe ich für das Werk des Herrn.«
Adolf Hitler, aus: Mein Kampf, Schlusssatz Kapitel 3

Da ging jedermann in die Stadt, in der er gezählt werden sollte. Auch Joseph aus Galiläa von der Stadt Nazareth wanderte nach Bethlehem mit Maria, seiner lieben Frau, die ein Kind unter ihrem Herzen trug.
Lk 2,3 f. aus der »entjudeten« Bibel »Die Botschaft Gottes« von 1940

ES IST EIN ROS ENTSPRUNGEN (AUS DEM GESANGBUCH DER »DEUTSCHEN CHRISTEN« VON 1941)

Das Röslein, das ich meine, davon die Kunde sagt.
hat uns gebracht alleine Marie, die reine Magd;
aus Gottes Ewgem Rat hat sie ein Kind geboren,
wohl zu der halben Nacht.

Christentum ohne Wurzeln?

1. Vergleichen Sie die Umdichtung des Liedes mit dem Originaltext (EG 30) und den Text aus der entjudeten Bibel mit Lk 2,3 f. Erklären Sie die Unterschiede.
2. Die »Deutschen Christen« wollten alles Jüdische aus dem Christentum entfernen – überlegen Sie gemeinsam, was übrigbliebe.
3. Setzen Sie die Inhalte dieser Doppelseite in Beziehung zum Titelbild des Kapitels.
4. Wiederholen Sie, was Sie aus der 9. Jahrgangsstufe über religiöse Judenfeindschaft wissen.

Widerstand: »Die Bekennende Kirche«

Gedenktafel an der Gemarker Kirche in Wuppertal-Barmen, wo die Barmer Theologische Erklärung beschlossen wurde

THESE 1 AUS DER BARMER THEOLOGISCHEN ERKLÄRUNG (BTE)

Jesus Christus spricht: Ich bin der Weg und die Wahrheit und das Leben; niemand kommt zum Vater denn durch mich. (Joh 14,6)

Jesus Christus, wie er uns in der Heiligen Schrift bezeugt wird, ist das eine Wort Gottes, das wir zu hören, dem wir im Leben und im Sterben zu vertrauen und zu gehorchen haben.

Wir verwerfen die falsche Lehre, als könne und müsse die Kirche als Quelle ihrer Verkündigung außer und neben diesem einen Worte Gottes auch noch andere Ereignisse und Mächte, Gestalten und Wahrheiten als Gottes Offenbarung anerkennen.

AUS DER BOTSCHAFT DER -O BEKENNTNISSYNODE DER »BEKENNENDEN KIRCHE« IN DAHLEM 1934

Die unter der Parole: »ein Staat – ein Volk – eine Kirche« vom Reichsbischof erstrebte Nationalkirche bedeutet, dass das Evangelium für die Deutsche Evangelische Kirche außer Kraft gesetzt und die Botschaft der Kirche an die Mächte dieser Welt ausgeliefert wird.

INFO **Bekennende Kirche und Widerstand**

Als Gegenbewegung zu den »Deutschen Christen« bildete sich 1934 die »Bekennende Kirche«. Sie verstand sich als die rechtmäßige Kirche in Deutschland, die sich an das Bekenntnis Jesu Christi gebunden sah. Im Zentrum ihres Tuns stand der Widerstand gegen die Gleichschaltung der Kirchen und damit gegen die Einflussnahme der Nationalsozialisten auf die Kirchenleitung und das kirchliche Leben. Hierfür schufen sie eine eigene Leitungs- und Verwaltungsstruktur.

Das bekannteste Dokument der »Bekennenden Kirche« ist die »Barmer Theologische Erklärung« vom Mai 1934. In dieser Erklärung wird die enge Rückbindung der »Bekennenden Kirche« an die biblische Botschaft und das christliche Bekenntnis deutlich, da jeder These ein biblisches Zitat vorangestellt ist. Auch wenn die »Bekennende Kirche« als Widerstandsbewegung gegen die »Deutschen Christen« gilt, so gab es keinen gemeinsamen organisierten Widerstand gegen das Regime der Nationalsozialisten. Zudem hat sich die Bekennende Kirche nicht deutlich gegen die Judenverfolgung positioniert.

»Unser Kreuz hat keine Haken«

»In diesem Zeichen siegt die Kirche«: Ausschnitt einer Titelseite eines Mitteilungsblatts der »Bekennenden Kirche« von 1934

Heute marschieren Menschen durch unsere Stadt, die sich selbst und ihre Ideologie absolut setzen. Die alles verachten, was anders ist als sie selbst. Menschen, die nicht vor Gewalt zurückschrecken und andere an Leib und Seele verletzen oder gar töten. Verquere Ideen, die nicht wahrnehmen wollen, dass wir Menschen nun einmal nicht alle gleich sind. Und dass es menschliches Leben, menschliches Zusammenleben nur in der Vielfalt gibt.

Pfarrer Eckart Wüster auf einer Kundgebung gegen Rechtsextremismus in Bonn 2012

Die Barmer Theologische Erklärung (BTE) als Bekenntnis

1. Die BTE wird heute als »Bekenntnis« angesehen. Sammeln Sie gemeinsam Gründe und diskutieren Sie diese.
2. Zeigen Sie auf, inwiefern die Aussagen und Zitate dieser Doppelseite den Äußerungen der Deutschen Christen auf der vorhergehenden Doppelseite widersprechen.
3. Damals und heute: Erläutern Sie die Bedeutung des Kreuzes auf den Bildern dieser Seite. Ziehen Sie dazu auch den Text von E. Wüster heran.
4. Informieren Sie sich über die Kampagne »Unser Kreuz hat keine Haken«. Erstellen Sie eigene Plakate.

Briefmarke der deutschen Bundespost von 1984

Transparent an einer Kirche anlässlich einer Mahnwache gegen Rechtsextremismus

Dietrich Bonhoeffer

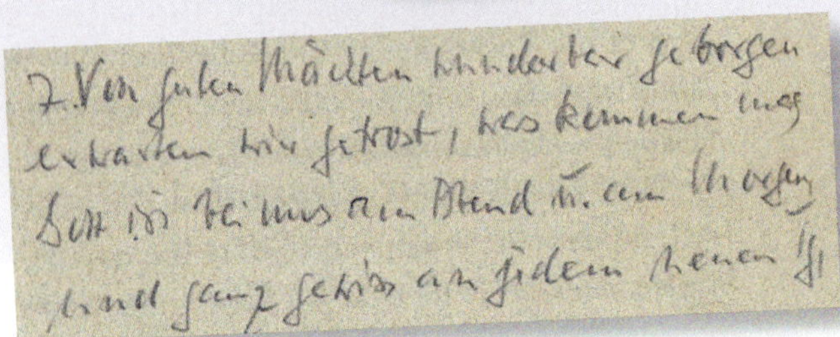
7. Von guten Mächten wunderbar geborgen
erwarten wir getrost, was kommen mag.
Gott ist bei uns am Abend u. am Morgen
und ganz gewiss an jedem neuen Ta[g]

Das Gedicht »Von guten Mächten« schrieb D. Bonhoeffer aus dem Gefängnis an seine Verlobte Maria von Wedemeyer zum Weihnachtsfest und Jahreswechsel 1944.

Christ im Widerstand

1. Informieren Sie sich – ggf. in Form von Referaten – über das Leben ⊸ Bonhoeffers: Sie können dazu neben dem Lexikonartikel z. B. Biographien, Filme oder die Internetseiten der Bonhoeffer-Gesellschaft heranziehen.
2. Es gibt über Bonhoeffer zahlreiche Jugendbücher; der Film »Bonhoeffer – Die letzte Stufe« wird oft im Unterricht behandelt. Deuten Sie Titel und Covergestaltung der hier abgebildeten Medien und beziehen Sie sie auf das Leben und die Gedanken Bonhoeffers (vgl. die Zitate auf dieser Doppelseite sowie auf → S. 25 und 93).
3. Die spätere Vertonung des Gedichts »Von guten Mächten« (EG 637) wird in vielen Gottesdiensten gesungen. Lesen Sie alle Strophen, hören Sie sich das Lied an oder singen Sie es. Diskutieren Sie, zu welchen Gelegenheiten das Lied passt und zu welchen vielleicht nicht.

? BONHOEFFER – EIN VORBILD?

Kirche für andere

Bonhoeffer-Statue in seiner Geburtsstadt Breslau (heute: polnisch Wrocław)

SZENE AUS DEM FILM »BONHOEFFER – DIE LETZTE STUFE«

Dietrich Bonhoeffer ist Teil einer Widerstandsgruppe. Im Film wird dargestellt, dass er über diese Gruppe Rudolf-Christoph von Gersdorff kennenlernt. Dieser plant ein Selbstmordattentat auf Hitler. Im Rahmen der Vorbereitungen auf das Attentat entspinnt sich zwischen beiden folgender Dialog:

B: Sie wollen die [Bombe] in Ihrer Manteltasche zünden? Das ist doch Selbstmord?

G: Aber ich nehm ihn [Hitler] mit in den Tod.

B: Warum zeigt ihr mir das alles? Warum bin ich hier?

G: Wird Gott mir vergeben?

B: Ich weiß es nicht. Ich weiß nur, dass unser Gott gnädig ist und verzeiht.

G: Segnen Sie mich bitte?

(Stille)

B: Denken Sie immer an die Worte Jesu: Größere Liebe hat niemand als der, der sein Leben lässt für seine Freunde.

INFO

Kirche in der Welt

Unter dem Eindruck des Boykotts jüdischer Geschäfte und des ⊸ *Arierparagraphen in der Kirche verfasste D. Bonhoeffer im April 1933 den Vortrag: »Die Kirche vor der Judenfrage«. Darin beschreibt er die dreifache Aufgabe der Kirche gegenüber dem Staat:*

Die Kirche muss erstens den Staat nach der Rechtmäßigkeit seines Handelns befragen.

Zweitens hilft sie den Opfern staatlichen Handelns: Die Kirche ist den Opfern jeder Gesellschaftsordnung in unbedingter Weise verpflichtet, auch wenn sie nicht der christlichen Gemeinde zugehören.

Die dritte Möglichkeit besteht darin, nicht nur die Opfer unter dem Rad zu verbinden, sondern dem Rad selbst in die Speichen zu fallen. Dies wird dann nötig, wenn der Staat nicht mehr für Recht und Ordnung sorgt.

Später, im Gefängnis, schrieb Bonhoeffer:

»Die Kirche ist nur Kirche, wenn sie für andere da ist. [...] Sie muss an den weltlichen Aufgaben des menschlichen Gemeinschaftslebens teilnehmen, nicht herrschend, sondern helfend und dienend.«

Dem Rad in die Speichen fallen

1. In der kurzen Filmszene steckt vieles zwischen den Zeilen. Ergänzen Sie Gedanken, Gefühle und (falls Sie Gelegenheit haben, den Film zu sehen) Mimik und Gestik der beiden Gesprächspartner.
2. »Du sollst nicht töten«, heißt das fünfte Gebot. Begründen Sie mithilfe der Info, wie Bonhoeffer es als Christ und Pfarrer verantworten konnte, an einem Putsch gegen Hitler mitzuarbeiten.
3. Ein*e Stadtführer*in führt Touristen durch Wrocław. Übernehmen Sie seine/ihre Aufgabe: Erklären Sie den Besucher*innen den Hintergrund des Denkmals (oben) und deuten Sie seine Gestaltung.
4. »Kirche für andere« – diskutieren Sie (z. B. anhand von Beispielen aus diesem Kapitel), inwieweit Bonhoeffers Forderungen an die Kirche (Info) heute aktuell sind.

Mahnmal vor dem Gebäude des ehemaligen »Entjudungs-instituts« Eisenach

AUSSCHNITT AUS DER STUTTGARTER SCHULDERKLÄRUNG DES RATES DER EKD VON 1945

Durch uns ist unendliches Leid über viele Völker und Länder gebracht worden. Was wir unseren Gemeinden oft bezeugt haben, das sprechen wir jetzt im Namen der ganzen Kirche aus: Wohl haben wir lange Jahre hindurch im Namen Jesu Christi gegen den Geist gekämpft, der im nationalsozialistischen Gewaltregiment seinen furchtbaren Ausdruck gefunden hat; aber wir klagen uns an, dass wir nicht mutiger bekannt, nicht treuer gebetet, nicht fröhlicher geglaubt und nicht brennender geliebt haben.

Aus Fehlern lernen

AUS DEM VORWORT DER EKD-DENKSCHRIFT »DAS RECHTE WORT ZUR RECHTEN ZEIT« VON 2008

Kirchliches Handeln geschieht grundsätzlich in der Öffentlichkeit. Es folgt dem Auftrag [Jesu Christi, Gottes Wort zu verkündigen].

Aber im Rahmen des Öffentlichkeitsauftrags [...] besteht eine besondere Aufgabe darin, in die Öffentlichkeit hinein zu Grundfragen des politischen und gesellschaftlichen Lebens Stellung zu nehmen. Diese Aufgabe ist der evangelischen Kirche durch die geschichtlichen Herausforderungen des 20. Jahrhunderts nachdrücklich bewusst geworden. [...]

»Schweigen hat seine Zeit, Reden hat seine Zeit« – so heißt es in der biblischen Weisheit (Prediger 3,7). Aber wann ist Reden und wann ist Schweigen geboten? Und wie sollte die Kirche sich äußern, wenn sie nicht nur auftrags- und sachgemäß reden möchte, sondern auch öffentlich Gehör finden will?

> *Für die Evangelische Kirche in Deutschland ist die Demokratie eine politische Lebensform der Freiheit, für deren Grundwerte sie entschieden eintritt.*
>
> *(Aus der Homepage der EKD)*

Aus Fehlern der Vergangenheit lernen?

1. Einen Irrtum eingestehen – dazu gehört Größe. Finden Sie Beispiele (vgl. → S. 92 f.).
2. »Wir sind in die Irre gegangen ...«. Deuten Sie die Gestaltung des Mahnmals (oben).
3. Geben Sie den Auszug der Stuttgarter Schulderklärung in eigenen Worten wieder.
4. Viele Menschen in Deutschland protestierten damals gegen das ihrer Ansicht nach »entwürdigende« Schuldbekenntnis. Andere hingegen kritisierten es als Verharmlosung. Formulieren Sie ein eigenes Statement, ausgehend von dem, was Sie in diesem Kapitel über die Kirche im Nationalsozialismus gelernt haben.
5. Fassen Sie zusammen, welche Konsequenzen die EKD (in den beiden Texten oben) aus den Erfahrungen der Vergangenheit fordert.

Aktion zum Kirchenasyl in einem Kirchenraum

Kirchenasyl

Kirche als Schutzraum

1. Recherchieren Sie ein Beispiel für Kirchenasyl, ggf. in Ihrem Umfeld.
2. Benennen Sie mithilfe des Materials dieser Doppelseite mögliche Argumente für bzw. gegen das Kirchenasyl.
3. Arbeiten Sie aus den Zitaten (unten) verschiedene Vorstellungen zum Verhältnis zwischen Kirche und Staat heraus.
4. Stellen Sie sich vor, das Zelt (links) ist in Ihrer Kirche aufgestellt. In der Öffentlichkeit wird diese Entscheidung heftig diskutiert. Es kommt zu einer Podiumsdiskussion mit Gegnern und Befürwortern. Spielen Sie diese nach.

INFO

Was ist Kirchenasyl?

Nach dem Zweiten Weltkrieg wurde im Grundgesetz das Recht auf Asyl fixiert. Dies bedeutet, dass Menschen, die auf Grund der politischen Situation in ihrem Herkunftsland verfolgt werden, in Deutschland sicher leben dürfen, solange die Gefahr im Herkunftsland besteht. Das Asylrecht hat eine lange Tradition: Bereits in der Antike galten Menschen in Gefahr im Bereich von heiligen Orten als sicher. Dieses alte Asylrecht gibt es in ähnlicher Form heute als Kirchenasyl. Darunter versteht man die zeitlich begrenzte Aufnahme von Geflüchteten in den Räumen von Kirchengemeinden. Aufgenommen in das Kirchenasyl werden Personen, die kurz vor einer Abschiebung stehen und denen nach einer Abschiebung Gefahr droht. Das Kirchenasyl dient dazu, dass die Abschiebungsentscheidungen durch Behörden noch einmal genauer überprüft und mögliche Fehler, die immer wieder passieren, gefunden werden können. Zwischen 2013 und 2018 gab es in Deutschland 2640 beendete Kirchenasyle.

UMSTRITTENES KIRCHENASYL

»Ein Kirchenasyl ist zunächst eine christliche Tat der Nächstenliebe. [...] Wichtig ist aber auch eine gute und konstruktive Kommunikation mit dem Rechtsstaat.«
Heinrich Bedford-Strohm

»Diejenigen, die sich in den Kirchen engagieren, können nicht für sich beanspruchen, dass sie außerhalb des nationalen Rechts stehen.«
Annegret Kramp-Karrenbauer, deutsche Politikerin

»Beim Thema Kirchenasyl geht es vorrangig nicht um Rechtsfragen [...], sondern es geht um Menschen, die sich in einer besonderen Notsituation befinden. Für diese Menschen hat die Kirche da zu sein.«
Frank O. July, württembergischer Landesbischof

»Die Gewährung von Kirchenasyl stellt in der Regel eine strafbare Beihilfe zum unerlaubten Aufenthalt dar. Und die müssen unsere Staatsanwälte verfolgen. [...] In einem Rechtsstaat ist eben niemand von der Beachtung von Recht und Gesetz entbunden.«
Winfried Bausback, bayerischer Politiker

Anwalt der Schwachen: weltweit …

»BROT FÜR DIE WELT«

»Brot für die Welt« ist das weltweite Entwicklungswerk der EKD. Gemeinsam mit lokalen Partnern hilft »Brot für die Welt« armen und ausgegrenzten Menschen, aus eigener Kraft ihre Lebenssituation zu verbessern.

Was wir tun

Ein zentraler Schwerpunkt unserer Arbeit ist die Ernährungssicherung. Denn in Zeiten des Klimawandels und knapper werdender Ressourcen wird der Kampf gegen Hunger und Mangelernährung immer wichtiger. Brot für die Welt unterstützt die arme und ländliche Bevölkerung darin, mit umweltfreundlichen und standortgerechten Methoden gute Erträge zu erzielen. Daneben setzen wir uns auch für die Förderung von Bildung und Gesundheit, den Zugang zu Wasser, die Stärkung der Demokratie, die Achtung der Menschenrechte, die Sicherung des Friedens sowie die Bewahrung der Schöpfung ein. Denn Brot bedeutet für uns mehr als Nahrung – wir verstehen darunter alles, was der Mensch zum Leben braucht.

Was uns leitet

Unsere Arbeit wurzelt in dem Glauben, der die Welt als Gottes Schöpfung bezeugt, in der Liebe, die gerade in dem entrechteten und armen Nächsten ihrem Herrn begegnet, und in der Hoffnung, die in der Erwartung einer gerechten Welt nach Gottes Willen handelt. Brot für die Welt versteht sich als Teil der weltweiten Christenheit.

Aus dem Internetauftritt von Brot für die Welt

Ein von Brot für die Welt unterstütztes Projekt in Sierra Leone ermöglicht Kindern zwischen 6 und 13 Jahren den Schulbesuch.

Plakat der »Würde-Kampagne« von Brot für die Welt

Würde für den Menschen

1. Deuten Sie, ausgehend von einer eigenen Definition des Begriffs »Würde«, das Plakat (links).
2. Gestalten Sie die Tätigkeit und die Leitsätze von Brot für die Welt in Bildern. Möglicherweise ergibt sich eine Ausstellung in den Räumen der Kirchengemeinde?
3. Entwerfen Sie einen Internetauftritt für die Tagesstätte der Diakonie auf → S. 65. Sie können auch einen Webshop für die abgebildeten und weitere Produkte einrichten.
4. Setzen Sie die Berichte der Mitarbeitenden der Tagesstätte in Beziehung zur Rechtfertigungslehre Luthers.
5. Erstellen Sie in Kleingruppen Podcasts zu kirchlichen Initiativen, die in Ihrer Nähe »Anwalt der Schwachen« sind.

... und vor Ort

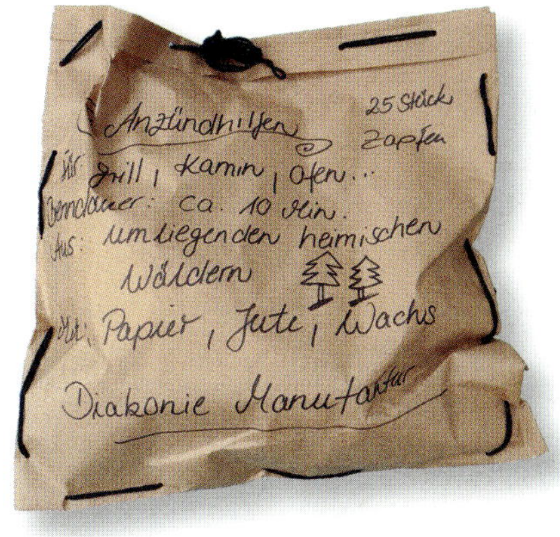

RALF SANDER, DER LEITER EINER TAGESSTÄTTE FÜR PSYCHISCHE GESUNDHEIT DER DIAKONIE ERZÄHLT:

»Menschen mit den unterschiedlichsten psychischen Erkrankungen, wie z. B. Psychosen, Depressionen, Persönlichkeitsstörungen, Schizophrenien, kommen in die Tagesstätte. Hier wird ihnen eine Tagesstruktur geboten. Die Menschen können von morgens 8:00 Uhr bis nachmittags 16:00 Uhr in der Einrichtung bleiben und, wenn sie wollen, am gemeinsamen Mittagessen mit teilnehmen. Über den Tag können die Besucher*innen an verschiedenen Bereichs- und Projektangeboten teilnehmen. Dabei entstehen ganz vielfältige Produkte, die wir in unserem Laden verkaufen.

Es geht darum, den Leuten Perspektiven zu geben. Das hier ist nicht die Endstation, sondern es gibt auch Wege, von hier aus weiterzugehen. Wir bieten einen Raum, in dem Menschen Selbstbewusstsein entwickeln und Fähigkeiten entdecken können, die sie sich selbst nicht zugetraut haben. So wie z. B. eine Frau, die schon viel hinter sich hatte, als sie zu uns kam, sogar stationäre und Heimaufenthalte. Von hier aus hat sie Praktika gemacht und ist jetzt auf 450-Euro-Basis in einer Küche angestellt. Manche kommen aber auch hierher, um z. B. ihre Tagesstruktur aufrechtzuerhalten und einen stationären Aufenthalt zu vermeiden.«

STIMMEN AUS DEM MITARBEITERTEAM:

- »Ich leite die Fahrradwerkstatt. Mir ist wichtig, dass die Menschen, die hier sind, eine möglichst gute Zeit haben, mit einem positiven Gefühl nach Hause gehen und sich keinen Kopf machen oder schlechten Gedanken nachhängen können.«
- »Bei mir in der Holzwerkstatt entstehen Vogelhäuser, Krippen, Kinderspielsachen. Ich richte mich nach den Fähigkeiten meiner Mitarbeiter.«
- »Das Besondere bei uns ist: Nicht müssen, sondern dürfen. Alles ist freiwillig, alles ist offen, da ist kein Druck da. Der eine braucht drei Wochen, um sein Produkt fertigzustellen, der andere ist an einem Tag fertig.«

- »Ich arbeite eher mit schwachen Leuten, denen es oft nicht möglich ist, etwas handwerklich zu arbeiten. Erfolg ist da, wenn sie kommen und im Gruppenraum einen Tee trinken, vielleicht mal eine halbe Stunde bei einer Sache bleiben können. Meine Aufgabe ist es, da zu sein und zuzuhören. Es gibt z. B. einen Besucher, der sitzt einfach nur da. Aber: Er hat es geschafft, herzukommen.«
- »Ich würde sagen, die Tagesstätte ist ein Zufluchtsort.«
- »Wer zu uns kommt, ist schon durch sehr viele Netze gefallen. Hier wird er oder sie aufgefangen.«

Herausforderungen

DIE GESELLSCHAFT VERÄNDERT SICH

Seit Jahrzehnten tritt durchschnittlich ein Prozent der Mitglieder der evangelischen Kirche pro Jahr aus der Kirche aus. Gepaart mit demografischen Prozessen führt dies dazu, dass mittlerweile ein Drittel der Bevölkerung der Bundesrepublik als konfessionslos gilt – eine Entwicklung, die sich voraussichtlich fortsetzen wird.

Konfessionslosigkeit ist nicht mit Kirchen- beziehungsweise Religionsferne oder gar -feindlichkeit gleichzusetzen; sie ist zumeist eher von Beziehungslosigkeit als von kontroverser Auseinandersetzung oder Abgrenzung geprägt.

Aus dem Grundlagentext der EKD »Religiöse Bildung angesichts von Konfessionslosigkeit«

WIR BRAUCHEN EINE TRANSFORMATION!

Es geht um ein Gefühl dafür, was die Kirche Bereicherndes für das Leben der Menschen anbieten kann. Für uns als evangelische Kirche ist das eigentlich überhaupt nicht dramatisch, weil wir unserem Selbstverständnis nach eine Kirche sind, die davon überzeugt ist, dass sie sich ständig weiterentwickeln und verändern muss.

Klaus Stiegler, Regionalbischof

JUGENDLICHE UND RELIGION

Jugendliche wachsen heute in der Begegnung mit Menschen verschiedenster religiöser Richtungen auf. Sie begegnen in der Schule, der außerschulischen Bildung und ihrer Freizeit Menschen mit ganz unterschiedlichem religiösen Hintergrund und der Vielfalt gelebten Glaubens. Daher werden Jugendlichen heute im Hinblick auf ihre eigene Haltung zu Religion und Kirche Reflexion und Entscheidungsfähigkeit abverlangt. Jugendstudien zeigen, dass Jugendliche sich intensiv mit Religion beschäftigen, die Kirche als Institution aber wenig Attraktivität für sie ausstrahlt. Dies verweist auf Verständigungsprobleme zwischen Jugendlichen und der Kirche.

Aus einer Handreichung der EKD zu »Kirche und Jugend«

»Gemeinsam sind wir Kirche«

1. Erläutern Sie, worin in den drei Texten (oben) die gegenwärtigen Herausforderungen für die Kirche gesehen werden und welche Konsequenzen daraus gezogen werden.
2. Interpetieren Sie vor diesem Hintergrund das Bild (oben).
3. »Im Hinblick auf ihre eigene Haltung zu Religion und Kirche« wird Jugendlichen »Reflexion und Entscheidungsfähigkeit« abverlangt: Beurteilen Sie, inwieweit Ihnen die Materialien dieses Kapitels weiterhelfen konnten, selber zu Religion und Kirche eine Haltung zu entwickeln. Schreiben Sie Ihre Gedanken in einem Text nieder.

Kontaktaufnahme

Kirche steht vor neuen Herausforderungen. Neue Ideen sind nötig, um mit Menschen, die ihr ferne stehen, ins Gespräch zu kommen. Auf dieser Seite werden zwei solche Projekte vorgestellt: ein Buch für Jugendliche und das Projekt Kirchenpost.

Bereit für das Abenteuer Leben?! Ein Buch für Jugendliche

1 frei verbunden
2 endlich lebendig
3 sicher risikobereit
4 erfolgreich gescheitert
5 ohnmächtig stark
6 unsichtbar angesehen
7 gemeinsam allein
8 zufällig geplant

Acht spannende Themen begleiten dich auf den Expeditionen in dein Leben. Du findest kurze Zitate, auch mal längere Texte, Bibelverse, Bilder, Musik und Videos als Proviant, um dich mit dem zu beschäftigen, was dir in deinem Leben wichtig ist, was wirklich zählt.

Aus dem Klappentext »Expeditionen ins Leben«

Gemeinsam Kirche sein – Projekt »Kirchenpost«

Die einen betreten eine Kirche eher selten oder halten lockeren Kontakt zu ihrer Gemeinde, andere sind regelmäßig im Gottesdienst anzutreffen. Ganz gleich in welcher Intensität – gemeinsam sind wir Kirche.
Um dies immer wieder bewusst zu machen und den Kontakt zu stärken, gibt es das Projekt »Kirchenpost«. Das Kirchenpost-Team sorgt dafür, dass Mitglieder der Evangelisch-Lutherischen Kirche in Bayern regelmäßig einen persönlichen Gruß im Briefkasten finden.

Aus der Homepage des Projekts

Kreative Ideen

1. Stellen Sie Vermutungen an, welche Inhalte sich hinter den acht Themen des Buches »Expeditionen ins Leben« verbergen könnten, und tauschen Sie sich aus, welches Sie besonders anspricht. Sie können die Begriffspaare auch als Standbilder darstellen und ggf. fotografieren.
2. Stellen Sie sich vor, Sie bekommen Post von der Kirche: »Wir freuen uns, wenn es Ihnen gut geht und wir sind gern für Sie da in schwierigen Zeiten.« Formulieren Sie Eindrücke, Gedanken oder vielleicht sogar eine Antwort.
3. Das Projekt Kirchenpost wurde bis 2022 vorerst in 13 Dekanatsbezirken durchgeführt, sodass 651.000 Adressat*innen diese Post erhielten. Soll das Projekt auf alle Mitglieder der evangelischen Kirche in ganz Bayern ausgeweitet werden? Finden Sie Argumente dafür und dagegen und diskutieren Sie darüber in einer Podiumsdiskussion.
4. Vergleichen Sie die beiden Projekte »Expeditionen« und »Kirchenpost«. Beurteilen Sie, ob und inwiefern sie geeignet sind, den auf → S. 66 beschriebenen Herausforderungen zu begegnen.

Kirche: für dich da

SEGEN, MUT UND TRAUBENZUCKER

Alle Jahre wieder stehen Abschlussprüfungen an:
lernen, büffeln, Panik schieben.
Die einen nehmen es ganz entspannt,
die anderen stehen unter Strom
und wieder anderen ist es egal.
Zu welchem Typ du auch gehörst:
der PrüfungsSegen ist für dich.

*

PrüfungsSegen ist ein Gottesdienst, der am Abend vor Beginn der Prüfungen gefeiert wird. Eingeladen sind Schülerinnen und Schüler. Aber auch Lehrerinnen und Lehrer sowie Eltern sind willkommen und kommen manchmal mit. Das Highlight des Abends ist der Einzelsegen: ein Segen, ein kurzes Gebet nur für dich und deine Prüfungen.

*

Lass kurz los:
deine Vorbereitungen,
den Stoff, den du gebüffelt hast,
die Fragen, die noch offen sind,
das mulmige Gefühl im Bauch.
Gott beschenkt dich. Jetzt.
Mit seinem Segen beschenkt er dich.

Aus der Homepage zum Projekt »Prüfungssegen«

? SEGEN – EIN ZAUBERWORT?

Der Wunsch nach Segen an den Übergängen des Lebens [stellt] eines der wichtigsten Bedürfnisse der Kirchenmitglieder dar [...]. Punktuell, an entscheidenden Knotenpunkten des Lebens, wollen die Menschen sehr intensiv zur Kirche in Beziehung treten, um ihre Geschichte und ihre Situation im Angesicht Gottes anzuschauen.
Ulrike Wagner-Rau

Jugendliche bei ihrer Konfirmation

Ein Segen

Der Herr segne dich und behüte dich,
er schenke dir die rechten Worte zur rechten Zeit,
gebe dir Ruhe und Gelassenheit für das,
was vor dir liegt, und stärke in dir das Vertrauen,
dass du gut bist, so wie du bist.
Amen.

Kirche als lebenslange Wegbegleiterin?

1. Betrachten Sie Ihr bisheriges Leben wie einen Weg. Zeichnen Sie wichtige Einschnitte und Ereignisse auf, zu denen ein Segen passen würde. Wenn Sie möchten, können Sie ihn formulieren.
2. Erklären Sie das Anliegen des »Prüfungssegens«.
3. Besprechen Sie zunächst in Kleingruppen, dann mit Ihrer Lehrkraft und der Klasse, ob der Prüfungssegen für Sie eine passende Übergangsgestaltung darstellen würde und in welcher Form er ggf. realisierbar wäre.

Kirche: was du draus machst

WAS BEDEUTET KIRCHE FÜR DICH?

»Ich bin niemand, der jeden Sonntag in die Kirche geht oder jeden Abend betet. Aber durch die Konfirmandenzeit und den Glauben, den ich da kennengelernt habe, habe ich ganz viel Halt und Vertrauen gefunden. Ich hatte auf einmal das Gefühl, da ist wirklich jemand, der mich hört und auf den ich mich verlassen kann.

Ich habe im Konfikurs erlebt, dass es kein richtig und falsch gab. Das möchte ich anderen Jugendlichen weitergeben. Mit ihnen Gemeinschaft leben, in der jeder so sein kann, wie er will. So eine Gemeinschaft habe ich noch nirgendwo anders erlebt. Deswegen bin ich Konfiteamerin: Ich will anderen Jugendlichen zeigen, dass cool sein und an Gott glauben sich nicht widersprechen. Egal wie man ist, man kann immer glauben, das dürfen andere gerne sehen.«

(Pauline, 17)

»Wir leben nur dank der Erde. 2019 schreibt Greta Thunberg mit ihren Klimastreiks Geschichte. Alle reden über sie. Zu meinem Erstaunen gibt es recht bald die ersten Streiks in der nächsten Stadt. Ich greife also zu einem alten Pappkarton aus der blauen Tonne und male mein erstes Plakat: ›We stand for what we stand on‹. Anstatt in die Schule laufe ich am nächsten Morgen zum Bahnhof.

Bei der ersten Demo in unserer Stadt laufe ich ganz vorne, hinter mir ein Demozug mit rund 400 Leuten. Nach einer Stunde stehen wir zu dritt auf der Bühne, um unsere Forderungen und Wünsche darzustellen. Es ist so klar wie nie zuvor: Jede und jeder Einzelne kann etwas bewirken. Egal ob als Organisator*in oder als Demonstrant*in – zusammen sind wir nicht allein mit unserem Ziel einer besseren Klimapolitik.

Was das für mich mit meinem Glauben zu tun hat? Die Welt ist uns gegeben. Es ist unsere Verantwortung, sie für die nachfolgenden Generationen zu bewahren.«

(Maike, 17)

Engagiert vor Ort

1. Pauline und Maike erzählen von ihrem Engagement. Erklären Sie, inwiefern und ob hier Kirche sichtbar wird.
2. Erkunden Sie, wo und wie Sie sich in der Kirche einbringen können. Informieren Sie sich im Internet ebenso wie im Gemeindebrief Ihrer Ortsgemeinde. Erinnern Sie sich auch an das, was Sie in der 9. Jahrgangsstufe über Evangelische Jugend gehört haben.
3. »Kirche ist, was du draus machst.« Schreiben Sie einen informativen Blogeintrag zu dieser Überschrift. Beziehen Sie auch das Bild ein.

Lasst euch auch selbst als lebendige Steine zur Gemeinde aufbauen. Sie ist das Haus, in dem Gottes Geist gegenwärtig ist.
1 Petr 2,5

Im Zusammenhang

Wie politisch darf Kirche sein? Welche Aufgaben sollte Kirche in der Gesellschaft wahrnehmen? Wie kann Kirche gut mit Herausforderungen umgehen? Und was bedeutet Kirche eigentlich für mich? Wenn Sie dieses Kapitel durchgearbeitet haben, können Sie

- Möglichkeiten, Herausforderungen und Grenzen kirchlichen Handelns heute und in der Zeit des Nationalsozialismus wahrnehmen und beurteilen
- ausgehend von Beispielen kirchlichen Engagements das eigene Verhältnis zur Kirche beschreiben.

Testen Sie es!

Dieses Plakat von Mission EineWelt wurde im Rahmen einer Kampagne zum Thema »Migration und Flucht« im Internet und in manchen Gemeindebriefen veröffentlicht oder in Schaukästen von Kirchen aufgehängt.

Auch in Ihrer Kirchengemeinde hängt das Plakat aus. Ein Gemeindeglied schreibt einen Beschwerdebrief: Es sei nicht die Aufgabe von Kirche, sich politisch zu engagieren. Schreiben Sie dem Gemeindeglied einen Antwortbrief. Beschreiben Sie dabei verschiedene Symbole des Plakats und deuten Sie diese. Beziehen Sie außerdem Gedanken des Kapitels in Ihren Antwortbrief mit ein.

Entwerfen Sie in Gruppen einen Gemeinde-Schaukasten mit Materialien, die zu dem Plakat passen (z. B. Fotos, Zeitungsartikel, Statements, Bibeltexte usw.).

4 Spielräume

Verantwortung übernehmen

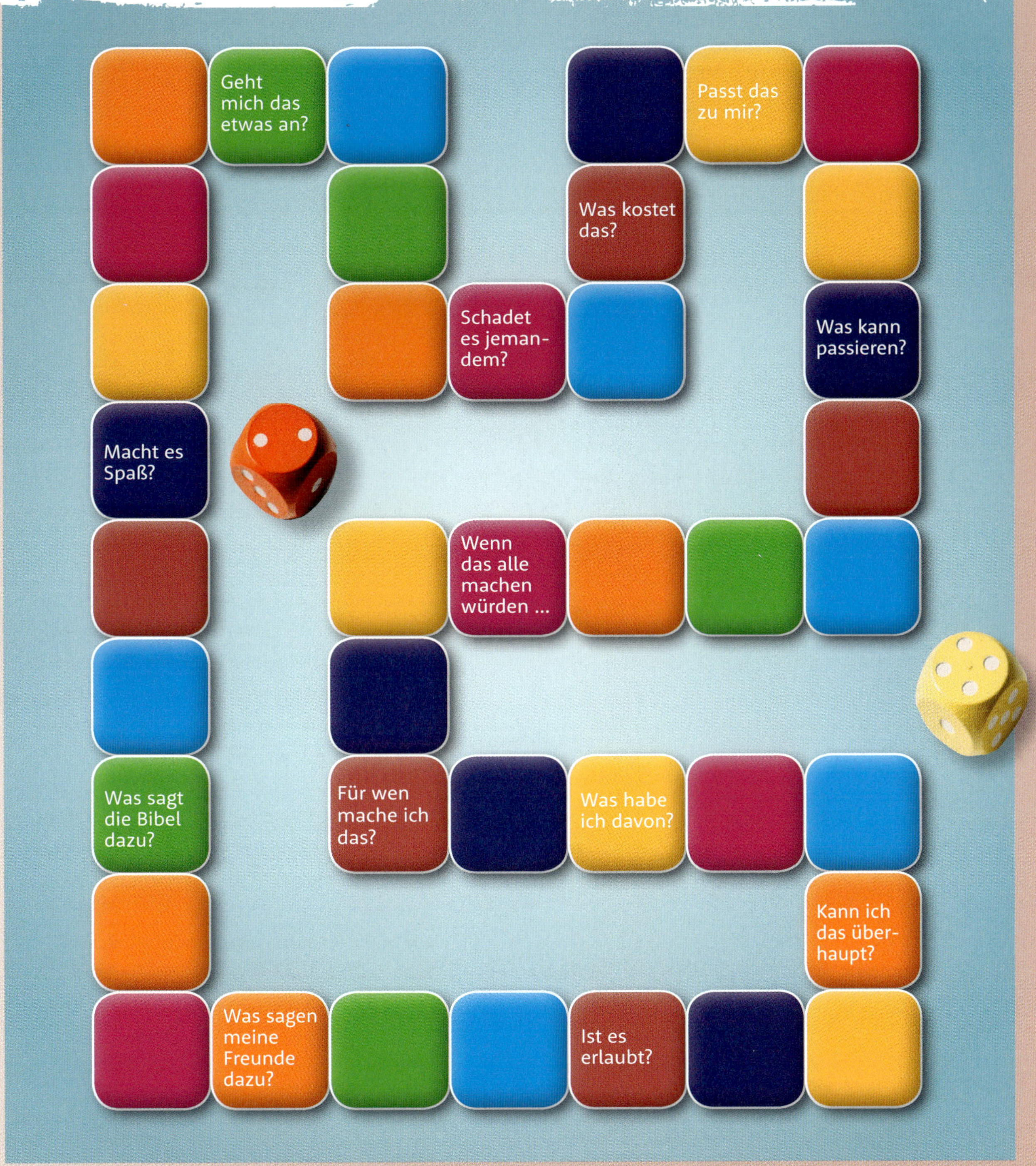

Was tun?

Hanna würde gern für ein halbes Jahr als Au-Pair in England arbeiten. Sprachen fallen ihr leicht, und die Arbeit mit Kindern macht ihr Spaß. Ihre Mutter ist einverstanden, aber Hanna weiß genau, dass sie eigentlich zuhause gebraucht wird. Da sind die beiden jüngeren Geschwister, da ist der Opa, der nicht mehr allein zurechtkommt – und ihre Mutter arbeitet als Alleinerziehende in Vollzeit.

Tanja hat ein interessantes Angebot von einer großen Firma: ein gut bezahlter Ausbildungsplatz zur Industriekauffrau mit Übernahmegarantie, wenn die Leistung stimmt. Doch Tanja hat erfahren, dass diese Firma in großem Umfang Rüstungsgüter herstellt und Waffen in Krisengebiete liefert.

Tom und seine Freunde haben einen fröhlichen Abend beim Italiener verbracht. Am Ende kommt die Rechnung, auf der ein Essen fehlt. Flüsternd diskutieren die jungen Leute: Sollen sie den Kellner auf den Fehler aufmerksam machen?

Ben findet in der Umkleidekabine seines Sportvereins ein nicht gesperrtes Smartphone. Um herauszufinden, wem es gehört, öffnet er die Nachrichten. Offenbar gehört das Handy Gregor, einem Jungen aus seinem Team. Gregor tauscht Liebesnachrichten mit Emma aus. Aber Emma ist seit zwei Jahren mit Bens Freund Peter zusammen. Ben überlegt, wie er sich jetzt verhalten soll.

Lisas Vater hat eine Überraschung: »Wir fliegen in den Sommerferien mit der ganzen Familie in die USA und mieten uns dort ein Wohnmobil.« »Fliegen? Nicht mit mir«, eröffnet Lisa ihrem enttäuschten Vater. Lisa engagiert sich in ihrer Freizeit für Klimaschutz und fehlt auf keiner Demo. »Überleg es dir doch noch einmal«, bittet die Mutter.

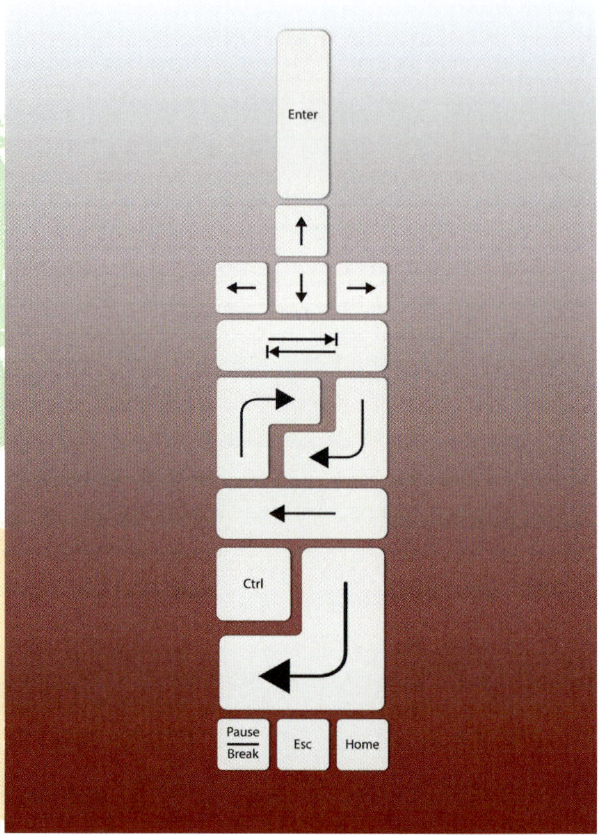

Benjamin Harte, Entscheidungen

So oder so?

1. Tauschen Sie sich zu zweit über Entscheidungen in Ihrem Leben aus: Welche der Tasten auf dem Bild (oben) passen dazu? Was hat damals den Ausschlag für Ihre Entscheidung gegeben? Wer oder was hat Ihnen geholfen?
2. Bearbeiten Sie die Fälle (links) in Gruppen mithilfe des Spiels (→ S. 71). Sie können es als Würfelspiel spielen: Versetzen Sie sich in die Person, die vor einer Entscheidung steht, und prüfen Sie, wie die Fragen auf den erwürfelten Feldern die Entscheidung jeweils beeinflussen könnten. Sie können aber auch z. B. ein Kartenspiel daraus machen oder eine andere Spielidee entwickeln.
3. Wenden Sie die »Schritte der Entscheidungsfindung« (→ S. 73) auf die einzelnen Fälle an.

Und warum?

INFO **Begründet entscheiden – nachdenklich handeln**

Im Alltag läuft vieles automatisch ab – es wäre viel zu kompliziert, wenn wir – angefangen mit dem morgendlichen Aufstehen – bei jeder unserer Aktionen das Für und Wider abwägen würden. Aber in manchen Situationen sind Entscheidungen gefragt. Wie wir uns entscheiden, ist von vielen Faktoren beeinflusst. Erziehung, Gewohnheiten, Einschätzung der Folgen, Werte, Regeln, Prinzipien, Gefühle spielen eine Rolle – und nicht zuletzt auch religiöse Orientierungen. Um bei schwierigen Entscheidungen zu einem Urteil zu kommen, das auch Bestand hat und verallgemeinerbar ist, empfiehlt es sich, den Entscheidungsprozess zu verlangsamen. Dabei helfen die »Schritte der Entscheidungsfindung«, von denen es unterschiedliche Modelle gibt. Diese »Schritte« sind nicht als Einbahnstraße zu verstehen; bei wichtigen Entscheidungen wird man sich immer wieder zwischen ihnen hin und her bewegen.

Die Begriffe »*moralisch*« und »*ethisch*« werden im Alltag manchmal wenig trennscharf verwendet. In der Philosophie versteht man unter Moral einen Grundbestand sittlicher Regeln und Verhaltensweisen, die in einer Gemeinschaft gelten. Ethik bezeichnet das Nachdenken darüber, wie Menschen ihr Leben führen und wie sich dies begründen lässt.

Schritte ethischer Entscheidungsfindung nach Bleisch/Huppenbauer

Freiheit …

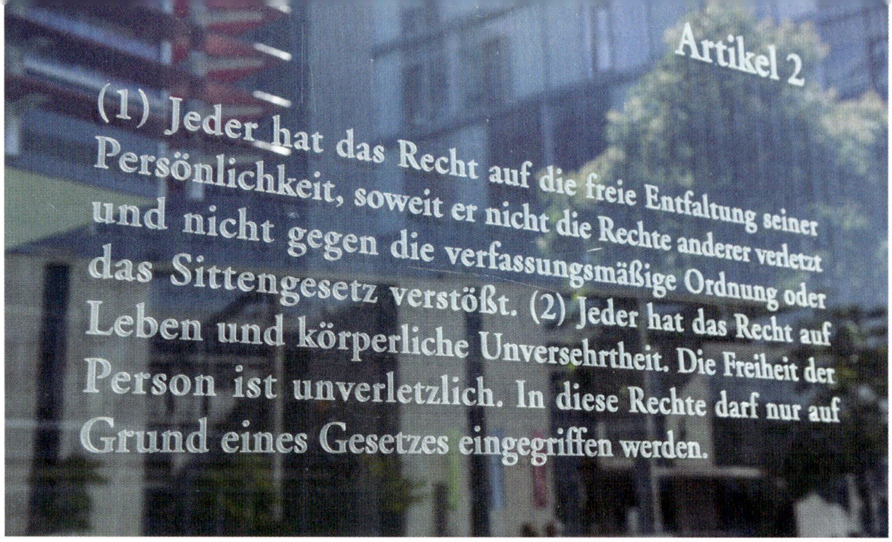

Am Parlamentsgebäude in Berlin stehen die Artikel des Grundgesetzes an großen Fensterscheiben.

SONG VON CURSE

[…] Freiheit kann man nicht eingrenzen, Freiheit muss man ausatmen.
Freiheit, Freiheit ist das Einzige, was zählt …
Freiheit bedeutet, sein wie ich bin, Freiheit heißt für mich Fehler machen wie'n Kind.
Und wenn's sein muss, fall ich halt hin.
Doch ich steh wieder auf, Freiheit heißt: zöger nicht, sondern lauf.
Wenn du weißt, was du willst, dann tu es, wenn nicht, dann tust du es auch.
Freiheit bedeutet, frei sprechen, frei machen, frei bleiben,
Mauern, die die Angst vorm Versagen errichtet, einreißen, Mut haben.
Freiheit bedeutet auch, zu enttäuschen, sich selbst zu erfüllen,
Anstatt die Erwartungen von anderen Leuten.
Freiheit heißt auch Entscheidungen treffen.
Freiheit heißt, hin und wieder sich die Freiheit zu nehmen, die Meinung zu wechseln.
Freiheit, heißt es, macht manchmal auch Sinn.
Dass meine Freiheit da enden muss, wo die Freiheit eines Anderen beginnt.
Aber Freiheit darf niemals heißen: entsagen von unseren Rechten,
Nach ihr zu leben, zu streben und frei über sie zu sprechen
Freiheit, Freiheit ist das Einzige, was zählt …
Freiheit, was für ein großes Wort, ich hab gehört, dass du grenzenlos bist.
Trotzdem kennen viele Menschen dich nicht, sie kämpfen für dich.
Manche mit Reden, Schweigen und Beten, andere mit Macheten,
Weil andere Perspektiven fehlen.
Du bist für jeden was Anderes.
Umso paradoxer ist es, wenn man Politiker um dich handeln lässt.
Du bist das Recht, du bist das, was jeder verdient.
Niemand sollte um dich bitten müssen, nirgendwo, nie.
Du bist so intim und persönlich, wie die innersten Wünsche und Träume.
Doch die verwirklichen nur wenige Leute.
Manche glauben wirklich, man könnte dich kaufen.
Andere laufen zehntausende Kilometer durch Wüstensand, weil sie an dich glauben.
Migranten lassen ihr Land zurück nur für dich, in der Hoffnung auf dich.
Und manche finden dich trotzdem noch nicht.
Manchmal opfer ich einen Teil von dir, um andere zu haben.
Und manchmal muss ich mich trennen, um dich mehr zu erfahren.
Denn du bist FREIHEIT
Freiheit, Freiheit ist das Einzige, was zählt …

? WIRKLICH DAS EINZIGE?

INFO **Von der Freiheit eines Christenmenschen**

Unter diesem Titel veröffentlichte Martin Luther 1520, auf dem Höhepunkt seiner Auseinandersetzungen mit dem Papst, eine kurze Abhandlung, in deren Zentrum die beiden scheinbar widersprüchlichen Sätze stehen:

- »Ein Christenmensch ist ein freier Herr über alle Dinge und niemandem untertan.
- Ein Christenmensch ist ein dienstbarer Knecht aller Dinge und jedermann untertan.«

D.h. durch den Glauben an Jesus Christus ist der Mensch frei von dem Zwang, mit seinen Taten vor Gott bestehen zu müssen. Der Sinn seines Lebens hängt nicht von seiner eigenen Leistung ab; so wie er ist, ist er Gott recht (Rechtfertigungslehre). Das entlastet ihn und macht ihn frei, andere Menschen wahrzunehmen, für sie da zu sein – nicht um gut dazustehen, sondern »einfach so«. »Freiheit« und »Dienstbarkeit« gehören nach evangelischem Verständnis untrennbar zusammen.

Cover einer kirchlichen Broschüre

Vergnügt, erlöst, befreit

Ich bin vergnügt, erlöst, befreit.
Gott nahm in seine Hände meine Zeit.
Mein Fühlen, Denken, Hören, Sagen,
mein Triumphieren und Verzagen,
das Elend und die Zärtlichkeit.

Was macht, dass ich so fröhlich bin
in meinem kleinen Reich.
Ich sing und tanze her und hin
vom Kindbett bis zur Leich.

Was macht, dass ich so furchtlos bin
an vielen dunklen Tagen.
Es kommt ein Geist in meinen Sinn,
will mich durchs Leben tragen.

Was macht, dass ich so unbeschwert,
und mich kein Trübsal hält,
weil mich mein Gott das Lachen lehrt,
wohl über alle Welt.

Hanns Dieter Hüsch

Ansichten von Freiheit

1. Hören Sie sich das Lied (→ S. 74) an; notieren Sie einen Gedanken, der für Sie spontan besonders gut zu Freiheit passt; sammeln und vergleichen Sie Ihre Ergebnisse.
2. Bringen Sie Fotos von Orten oder Situationen mit, die für Sie Freiheit bedeuten.
3. Erläutern Sie Art. 2 des Grundgesetzes (→ S. 74) mit Hilfe von Beispielen.
4. »Vergnügt, erlöst, befreit« war das Motto des Reformationsjubiläums (2017) im Rheinland. Arbeiten Sie reformatorische Grundeinsichten (vgl. Info und Lexikon) aus dem Gedicht (oben) und dem Cover (links) heraus.
5. Vergleichen Sie die »Ansichten von Freiheit« auf dieser Doppelseite miteinander und mit Ihrem eigenen Verständnis von Freiheit.

Verantwortung –

VERANTWORTUNG IM ALLTAG

Am Zebrastreifen anhalten
Einem fremden Kind auf das Klettergerüst helfen
Die eigenen Eltern beim Älterwerden begleiten
Die Katze der Nachbarn versorgen
Ein Kind in die Welt setzen
Die Kollegin schnell mit dem Auto zum Bahnhof fahren
Heiraten
Die Schuhe der kleinen Tochter binden
Einen Kredit aufnehmen
Seinem Kind einen Namen geben
Aufmerksam zuhören
Rechtzeitig die Winterreifen wechseln
Fremden den Weg erklären
Müll trennen
Den kranken Partner pflegen
Pünktlich sein
Wählen gehen
Eigenes Wissen weitergeben
Mannschaftssport machen
Blumen gießen
Jemandem über die Straße helfen
Die Hausaufgaben kontrollieren
Trost spenden
Sich informieren
Sagen: »Ich bin da«

Leserbeitrag aus einer Tageszeitung

INFO **Was bedeutet Verantwortung?**

Zur Verantwortung gehört immer dreierlei: Jemand verantwortet sich vor jemandem (z.B.: Gericht, Eltern, Lehrkräfte, im christlichen Glauben auch vor Gott) für etwas, das er oder sie getan oder versäumt hat. Das kann – z.B. vor Gericht – im Nachhinein geschehen. Häufig sprechen wir aber von Verantwortung mit dem Blick in die Zukunft: Verantwortung bedeutet dann: Fürsorge für Menschen, die einem anvertraut sind, Vorsorge, Einstehen für die Folgen dessen, was man tut oder unterlässt – im eigenen Leben, aber auch im politischen, sozialen oder ökologischen Zusammenhang. Die Diskussion um Umwelt- und Klimaschutz hat den Gedanken der Verantwortung auf künftige Generationen ausgeweitet.

Das evangelische Verständnis von Verantwortung ist besonders durch Dietrich ⊸ Bonhoeffer geprägt (vgl. → S. 60 f. und 93).

Erfahrungen und Situationen

1. Verantwortungsbewusst, jemanden zur Verantwortung ziehen ...: Sammeln Sie Redewendungen und Begriffe zu »Verantwortung«. Ordnen Sie sie passenden Situationen, ggf. auch eigenen Erfahrungen zu und untersuchen Sie mit Hilfe der Info, was mit »Verantwortung« jeweils gemeint ist.
2. Gewichten Sie, wieviel die Beispiele im Text (oben links) für Sie mit Verantwortung zu tun haben. Verfassen Sie eine Fortsetzung mit Beispielen aus der Welt der Jugendlichen, ggf. als Poetry-Slam-Text oder Videoclip.
3. »Durchgang auf eigene Verantwortung« – tauschen Sie sich aus, wo Verantwortung in der Schule eine Rolle spielt. Entwerfen Sie einen Artikel für die Schülerzeitung oder die Schulhomepage.

– der Name der Freiheit

VERANTWORTUNG – DIE FREIHEIT DER ERWACHSENEN

Ich möchte der Erziehung zur Demokratie die Erziehung zum verantwortungsvollen Gebrauch der Freiheit zur Seite stellen. Ich meine die Freiheit, an die wir uns in diesem Land gewöhnt haben, die Freiheit des Gewissens, die Freiheit des Glaubens und des Bekenntnisses. Sie ist die Voraussetzung jeder politischen Arbeit und Betätigung in der Demokratie. Ich meine die Freiheit der Meinung, der Versammlung und der Veröffentlichung. Ich spreche also von der Freiheit, die unsere Fähigkeiten und Talente weckt, sie freisetzt, von der Freiheit, die es uns ermöglicht, uns einzumischen und einzubringen und die deshalb untrennbar mit Verantwortung verbunden ist. Ich sage das häufig so: Der Name der Freiheit für Erwachsene heißt Verantwortung.

Wenn wir das geheimnisvolle Wort der Gottebenbildlichkeit aus der Heiligen Schrift einmal in unsere Moderne übersetzen, könnten wir sagen: Vielleicht begegnet uns ja mit der Verantwortungsfähigkeit des Menschen die größte Annäherung an den Begriff gottebenbildlich. Natürlich werden nicht alle dem Zusammenhang der Verantwortungsfähigkeit des Menschen mit dem christlichen Menschenbild vorbehaltlos zustimmen wollen, aber das Wunderbare an der Verantwortungsfähigkeit des Menschen ist ja gerade, dass wir alle auf diese Weise ansprechen können, seien sie religiös oder eher nicht.

Mir ist bewusst, dass sehr viele Menschen aus diesen Prinzipien heraus leben. Unser Land ist durchzogen von einem Netzwerk der Verantwortungsbereiten, der Tätigen und Tragenden, im Beruf, im Ehrenamt, in der Kirche, in der Kultur, im Sport. Wir können ihnen täglich begegnen.

Aus einer Rede des evangelischen Theologen und ehemaligen Bundespräsidenten Joachim Gauck (2017)

WOFÜR SICH JUGENDLICHE HEUTE POLITISCH ENGAGIEREN (WÜRDEN)

Aus der Sinus-Jugendstudie 2020. Befragt wurden 72 Jugendliche (zwischen 14 und 17). Je größer die Schrift, desto häufiger die Nennungen.

Freiheit und Verantwortung

1. Fassen Sie den Redeausschnitt von J. Gauck in drei Sätzen zusammen und diskutieren Sie über seine Vorstellung von Freiheit.
2. Interpretieren Sie die Grafik aus der Sinusstudie. Veranstalten Sie zum Vergleich ein Ranking in der eigenen Lerngruppe.
3. Blättern Sie noch einmal zurück zu den Fallbeispielen auf → S. 72: Erläutern Sie, wie darin jeweils Freiheit und Verantwortung zusammenhängen.

Mit ...

MITGEFÜHL – PSYCHOLOGISCH

Mitgefühl gehört zur Grundausstattung des Menschen. Carolyn Zahn-Waxler von der University of Wisconsin wollte herausfinden, ab welchem Alter – und wie – Kleinkinder auf einen Familienangehörigen reagieren, der »Aua!« ruft oder vorgibt zu weinen. Sie fand heraus: Bereits Einjährige versuchen, Trost zu spenden. Daraufhin erweiterte sie ihr Setting auf eine Kindertagesstätte. Und beobachtete, wie ein achtzehn Monate altes Mädchen zu einem Baby lief, das weinte: »Sie umarmte den Kleinen, streichelte ihn, hob einen Keks auf, der ihm heruntergefallen war, und bat schließlich die Erzieherin, dem Baby zu helfen.«

Von dieser spontanen Hilfsbereitschaft ist es allerdings oft ein weiter Weg zu reflektiertem Mitgefühl.

Mitgefühl ist etwas anderes als Mitleid. Es funktioniert auf Augenhöhe. Wenn da zum Beispiel ein Bettler vor dem Supermarkt sitzt, verwahrlost aussieht und eine Flasche Bier neben sich stehen hat, kann man ihm aus Mitleid einen Euro geben, dabei tunlichst wegsehen und rasch weitergehen. Der Mann tut einem irgendwie leid, aber man möchte nichts mit ihm zu tun haben.

Auch Empathie ist etwas anderes als Mitgefühl. Empathie bedeutet, dass man fühlt, was der andere empfindet. Eine junge Internistin zum Beispiel, die seit mehreren Jahren auf der Intensivstation arbeitet, fühlt sich vollkommen ausgebrannt. Sie hat mit Menschen zu tun, von denen sie weiß, dass sie vielleicht mit Beeinträchtigungen weiterleben müssen oder gar sterben werden. Sie sieht täglich deren Leid, Angst, Verzweiflung, und als empathischer Mensch fühlt sie all das mit. Inzwischen fürchtet sie sich vor der Begegnung mit den Patienten.

Nach einem Mitgefühlstraining bemerkt sie, dass sie anders auf ihre Patient*innen reagiert. Sie nimmt deren Leid immer noch wahr, fühlt es auch noch – bleibt aber dabei nicht stehen. Sondern wünscht ihnen, sie mögen Heilung finden und (wenn das nicht möglich ist) ihre Situation annehmen und liebevoll und mitfühlend mit sich umgehen können. Die Patient*innen, stellt sie fest, scheinen ihre neue Einstellung zu spüren: »Ich strahle offenbar etwas aus, das sich überträgt.«

Ingrid Strobl

Schon Kleinkinder lassen sich von den Gefühlen anderer anstecken und versuchen zu trösten.

Unterscheidungen

1. Schildern Sie eine Situation, in der Sie (aktiv oder passiv) Mitgefühl erlebt haben. 🔒
2. Im Text werden Mitgefühl – Mitleid und Empathie (anders als manchmal in der Alltagssprache) voneinander unterschieden. Erläutern Sie die Unterschiede an Beispielen.
3. Interpretieren Sie die Karikatur. Zeichnen Sie ein fünftes Feld, das zeigt, wie Mitgefühl denn »richtig« aussehen könnte.
4. Mitgefühl ist angeboren, muss aber durch Erziehung ausgebildet werden. Formulieren Sie Tipps für einen Erziehungsratgeber.

MITGEFÜHL – CHRISTLICH

*In seinem Buch »Mitgefühl« erinnert sich Heinrich Bedford-Strohm an den Herbst 2015, als eine große Zahl von Flüchtlingen in Deutschland ankam. Allein am Wochenende vom 4. bis 6. September erreichten über 20 000 Flüchtlinge den Münchner Hauptbahnhof und wurden von zahllosen haupt- und ehrenamtlichen Helfer*innen empfangen und versorgt.*

Was ist es, was die Menschen motiviert hat? Die Antwort ist nicht schwer zu finden. Es war schlicht und einfach ein Mitgefühl, das das Leid, das vor Terror und Gewalt fliehende Menschen erleben, zum eigenen Leid werden lässt.

Der Respekt vor der Würde des Menschen hat tiefe Wurzeln in der jüdisch-christlichen Tradition. Dieser Respekt gründet auf der in der biblischen Schöpfungsgeschichte zum Ausdruck kommenden Überzeugung, dass jeder Mensch einen unendlichen Wert besitzt, der ihm von Gott zugesprochen wird und der ihm deswegen durch niemanden aberkannt werden kann.

Die [Rede von der] Gottebenbildlichkeit des Menschen ist die wichtigste Quelle für das, was ich »Ethik der Einfühlung« nenne. Wir Christen glauben zusammen mit den Juden an einen Gott, dessen Wesen von seiner mitleidenden und mitfühlenden Zuwendung zu den Menschen geprägt ist. Das Wort, das in unserer Überlieferung dafür steht, ist Barmherzigkeit. Wir glauben an einen Gott, der sich erbarmt, wenn Menschen zu ihm um Hilfe schreien: »Er sah ihre Not an [...] und es reute ihn.« (Psalm 106,44 f.) Es gehört zum Wesen dieses Gottes, an den wir glauben, dass es einer ist, der sein Volk aus der Unterdrückung, aus der Sklaverei in Ägypten herausgeführt hat in die Freiheit.

Ethik der Einfühlung

1. H. Bedford-Strohm begründet das mitfühlende Verhalten, das den Flüchtlingen entgegengebracht wurde, aus der biblischen Tradition. Schlagen Sie die Stellen, die er nennt, in der Bibel nach. Zur Rede vom mitfühlenden und befreienden Gott vgl. Kap. 1, → S. 12–15.
2. Beschreiben Sie das Foto (unten) genau; achten Sie auf Körpersprache und Gesichtsausdruck der Personen. Stellen Sie Vermutungen darüber an, welche Gefühle das Bild zur Zeit seiner Veröffentlichung ausgelöst hat und warum es damals in so vielen Medien veröffentlicht wurde.
3. Auch andere Gefühle beeinflussen uns in unserem moralischen Verhalten. Sammeln Sie Beispiele.

? KANN MITGEFÜHL AUCH DAS FALSCHE RATEN?

Ein Foto vom Herbst 2015, das um die Welt ging: Nach seiner Ankunft in München darf ein Flüchtlingsjunge die Mütze eines Polizisten anprobieren.

»Schaut hin« (Mk 6,38)

INFO

Zuerst einmal: Hinschauen

Bei der Frage nach christlichen Maßstäben des Handelns denken viele zunächst an Gebote und Verbote: »Du sollst (nicht) ...!«. Im Unterschied dazu weist das Kirchentagsmotto Mk 6,38 darauf hin, dass Handeln aus christlicher Sicht mit dem Hinschauen, dem Wahrnehmen anfängt.

Das beginnt mit dem Schauen darauf, was mir selbst Gutes widerfahren ist. Das Kirchentagsmotto stammt aus der Erzählung von der »Speisung der 5000«, in der die Hungrigen erleichtert sehen dürfen, dass plötzlich für alle genug zu essen da ist. In der Bibel steht immer die Zuwendung Gottes vor seinen Forderungen, so wie auch die Zehn Gebote mit der Erinnerung an die Befreiung aus Ägypten beginnen (2 Mose 20,2).

Dann ist »Schaut hin« die Aufforderung, den anderen Menschen anzusehen und sich von ihm ansehen zu lassen, seine Situation wahrzunehmen, seine Geschichte zu hören, herauszufinden, was er braucht.

»Schaut hin« bedeutet in der Bibel schließlich auch immer: Schaut anders hin, wechselt einmal die Perspektive – so wie in Mk 6: So etwas haben die Leute noch nie gesehen und erlebt! Jesus verkündet den Menschen eine neue Welt (die er »Reich Gottes« nennt), in der vieles Gewohnte auf dem Kopf steht: die Weinenden werden lachen, die Lahmen werden gehen und die Ausgestoßenen sitzen mit am Tisch.

Refrain des Mottoliedes zum Ökumenischen Kirchentag 2021
Text: Lothar Veit, Melodie: Peter Hamburger, Rechte: Strube Verlag GmbH

Offene Augen und Arme

1. »Schaut hin«, hieß das Motto zum Ökumenischen Kirchentag 2021. Lesen und deuten Sie die Geschichte von der »Speisung der 5000« (Mk 6,30–44), aus der das Zitat stammt (vgl. Info).
2. Hören, ggf. singen Sie das Kirchentagslied, dessen Refrain oben zitiert ist. Experimentieren Sie mit der Reihenfolge der Imperative: Was würde sich ändern, wenn man sie umstellen würde, wenn einer fehlen würde?
3. Vergleichen Sie die Folge der Imperative im Refrain mit den Schritten der Urteilsfindung → S. 73.
4. Lesen / wiederholen Sie die Geschichte vom bamherzigen Samariter (Lk 10,25–37). Prüfen Sie, ob sich die Imperative aus dem Lied darin wiederfinden lassen.
5. Auch hier die Einladung zu einem »neuen Blick«: Vergleichen Sie die Frage, die der Schriftgelehrte stellt (Lk 10,29), mit Jesu Antwort (Lk 10,36 f.).

»Wer ist denn mein Nächster?« (Lk 10,29 b)

Im Nachrichtenmagazin von Brot für die Welt (→ vgl. S. 64) wird von einer Schneiderwerkstatt für Frauen ohne Ausbildung in Kamerun berichtet.

Du sollst den Herrn, deinen Gott, lieben von ganzem Herzen, von ganzer Seele und von ganzem Gemüt« (5 Mose 6,5). Dies ist das höchste und erste Gebot. Das andere aber ist dem gleich: »Du sollst deinen Nächsten lieben wie dich selbst« (3 Mose 19,18).

Mt 22,37 ff.

EINMISCHUNG IN DIE WELT – »ALLEIN AUS GLAUBEN«

Glaube und Tun sind nicht voneinander zu trennen. »Allein aus Glauben«, das bedeutet eben nicht, dass ich mich zurückziehe aus der Welt. Diese Rechtfertigung meines Lebens durch Gott, die ich glaube, sie ermutigt mich, ja sie verpflichtet mich geradezu, Gottes Gebote umzusetzen in dieser Welt: Den Nächsten lieben, die Schwachen schützen. Das kann eine sehr radikale Botschaft sein in unserer Zeit. Dann kann ich nämlich nicht wegschauen, wenn Menschen ertrinken im Mittelmeer, wenn Neonazis Geflüchtete angreifen, wo Islamophobie um sich greift und deutsche Rüstungsgüter in alle Welt exportiert werden. »Allein aus Glauben« ist keine Rückzugsformel. Es ist eine Ermutigung zur radikalen Einmischung in die Welt. Mein Standbein steht ja fest. Jetzt habe ich die Freiheit, das Spielbein einzusetzen.

Margot Käßmann, Ausschnitt aus einer Rede zum Reformationsjubiläum 2017

EIN GEBET

Lass mich an diesem Tag nur einen Menschen wirklich ansehen, der unter der Last und den Anforderungen des Lebens leidet, der am Fragen ist nach Sinn und Ziel des Lebens. Lass ihn mich ansehen mit deinen Augen, den liebevollen Augen, die Horizonte eröffnen und Wege zeigen. AMEN.

Der/die ferne Nächste

1. Liebe zu Gott, dem/der Nächsten und zu sich selbst – suchen Sie diese drei Elemente des Doppelgebots der Liebe im Text von M. Käßmann. Begründen Sie, wie diese Gedanken zum Reformationsjubiläum passen (Reformatorische Grundeinsichten, Rechtfertigungslehre).
2. Wenn jemand verwundet vor mir liegt, ist es klar, dass er/sie Hilfe braucht. Aber wie lässt sich die Liebe zum »fernen Nächsten« begründen? Diskutieren Sie diese Frage mithilfe der Beispiele auf den → Seiten 75–80.
3. Formulieren Sie das Gebet so um, dass es sich auch auf ferne Nächste, auf Politik und Gesellschaft bezieht.

Schaut hin ...

LEBENSWEG EINER JEANS

Für eine Jeans werden gut 600 Gramm Baumwolle benötigt, die vor allem in China, den USA, Indien, Usbekistan und Kasachstan angebaut wird. Insgesamt dient dem Baumwollbedarf weltweit eine Anbaufläche so groß wie ganz Deutschland, ca. 34 Mio. Hektar. Baumwollpflanzen verbrauchen extrem viel Wasser. Pro Kilogramm Baumwolle werden bis zu 20 000 Liter zur Bewässerung der Felder verwendet. Außerdem müssen Baumwollpflanzen mit Giften vor Schädlingen und Unkraut geschützt werden: 10 % des weltweiten Pestizid- und Düngemittelverbrauchs. Diese Gifte verbreiten Krankheiten unter den Erntehelfern, die nur wenig geschützt und sehr oft Kinder sind und nur einen minimalen Lohn erhalten. Darüber hinaus entstehen Umweltschäden, da das Grundwasser verseucht wird. Nach der Ernte und Entkörnung wird Rohbaumwolle per Schiff in andere Länder (auch nach Deutschland) transportiert. Dort werden die Fasern versponnen, zu Stoffen gewebt bzw. gestrickt und schließlich veredelt. Auch hierbei werden Energie und viele Chemikalien sowie erneut sehr viel Wasser eingesetzt. Mithilfe Umwelt belastender Farbstoffe und Hilfsmittel färbt man nun den Jeansstoff, verleiht ihm Glanz und Weichheit. Der Stoff wird schließlich zur eigentlichen Jeansherstellung wieder in ein anderes Land transportiert, z. B. nach Tunesien, weil die Produktionskosten dort viel niedriger sind. Das gewünschte lässige Aussehen oder die gebrauchte Optik bei einer Jeans werden durch Sandstrahlen oder mittels Waschverfahren (wie Stonewash, Softwash, Enzymwash, Moonwash) erzielt – abermals kommen also Chemikalien und Wasser zum Einsatz. Eingepackt in Kunststoff, wird die fertige Jeans nach Deutschland verschifft und über den Großhandel verteilt. In einem Geschäft kann man sie schließlich kaufen. Danach wird sie viele Male gewaschen und getrocknet und irgendwann weggeworfen oder in die Altkleidersammlung gebracht.

Wusstet ihr ...?

Wenn eine Jeans 50 Euro kostet, fließen ...

- 25 Euro in den Einzelhandel (Verwaltung, Miete, Personal und Gewinn)
- 12,50 Euro zur Markenfirma (Entwicklung, Verkauf, Verwaltung, Werbung, Geschäftsgewinn)
- 5,50 Euro zur Transportfirma und ans Finanzamt
- 6,50 Euro zur Jeans-Fabrik (Materialkosten, Miete, Maschinen)
- 0,50 Euro Lohn zu den Arbeiterinnen

Zum Beispiel Jeans

1. Verfolgen Sie den Lebensweg Ihrer Lieblingsjeans auf einer Landkarte.
2. Die ungleiche Kostenverteilung kann man an einer ausrangierten Jeans (oder einem Papiermodell!) demonstrieren: Zerschneiden Sie sie entsprechend der Größe der »Gewinnanteile«.
3. Was kann man tun? Bewerten Sie die folgenden Möglichkeiten: weniger konsumieren; Jeans aus fairem Handel kaufen; auf ausgebleichte Jeans verzichten; sich informieren; E-Mails an den Hersteller schreiben; für Organisationen spenden; den fairen Handel unterstützen; ausgediente Jeans in den Container bringen ...

… beim Shoppen

Werbeplakat für ein Lieferkettengesetz. Dieses wurde nach langen Auseinandersetzungen im Juni 2021 verabschiedet. Unternehmen werden darin verpflichtet, dafür Sorge zu tragen, dass in der gesamten Lieferkette ihrer Produkte Menschenrechte eingehalten werden.

FAIRTRADE
Certified Cotton

GRÜNER KNOPF
SOZIAL. ÖKOLOGISCH. STAATLICH.
UNABHÄNGIG ZERTIFIZIERT.

FAIR WEAR FOUNDATION

GLOBAL ORGANIC TEXTILE STANDARD · GOTS ·

Kampagne für Saubere Kleidung

Rechte Waage, rechtes Gewicht, rechter Scheffel und rechtes Maß sollen bei euch sein; ich bin der HERR, euer Gott, der euch aus Ägyptenland geführt hat.
3 Mose 19,36

Faire Kleidung

1. Informieren Sie sich darüber, an welche Standards die abgebildeten Labels für faire Kleidung jeweils gebunden sind.
2. Informieren Sie sich über den aktuellen Stand des Lieferkettengesetzes.
3. 3 Mose 19,36 verbindet fairen Handel (»rechte Waage …«) mit der Befreiung aus Ägypten – erklären Sie den Zusammenhang.
4. Christ*innen haben für das Lieferkettengesetz demonstriert; Kirchengemeinden betreiben Eine-Welt-Läden – begründen Sie, wie christlicher Glaube und Engagement für fairen Handel zusammenhängen.
5. Planen Sie ein Projekt zum Thema »Faire Kleidung«, z. B.:
   - eine alternative Shoppingtour. Fragen Sie in ausgewählten Modegeschäften nach, woher die Kleidung kommt. Recherchieren Sie, ob es an Ihrem Ort auch einen Laden mit fairer Kleidung gibt, und erkunden Sie das Angebot.
   - eine Klamottentauschparty mit Freund*innen oder in der Klasse: Bringen Sie dazu gut erhaltene Kleidung mit, die Sie nicht mehr tragen.
   - ein Podcast oder Videoclip zur »Lebensgeschichte« eines ausgewählten Kleidungsstücks.

Schaut hin ...

Aus dem Film »Blood in the Mobile«

AUS EINEM INTERVIEW MIT FRANK PIASECKI POULSEN

Für seinen Dokumentarfilm »Blood in the Mobile« (2010) hat der dänische Regisseur mehrere gefährliche Reisen in den östlichen Kongo unternommen. Er hat u.a. in der Mine in Bisie recherchiert – wo Kinder im Alter von zehn Jahren bis zu 72 Stunden in den engen Tunneln unter der Erde verbringen.

Klebt an meinem Handy Blut? – Was haben Sie herausgefunden?

Die Wahrscheinlichkeit ist hoch, dass sich in unseren Mobiltelefonen Mineralien wie Coltan aus Konfliktregionen befinden.

Sie sind in den Osten des Kongo gereist, wo große Vorkommen des wertvollen Coltans lagern. Was haben Sie erlebt?

Ich war schon oft in Bürgerkriegsregionen, aber was ich im Dschungel des Kongos gesehen habe, ist die Hölle auf Erden. Der Krieg im Kongo hatte ursprünglich soziale und ethnische Gründe. Als die Handybranche boomte und die Preise für diese notwendigen Rohstoffe in den Himmel schossen, begann sich der Krieg auch um diese Mineralien zu drehen. Das Coltan ist nicht der einzige Grund für den Krieg, aber es ist eine Geldquelle für die Rebellen. Wenn man verhindern kann, dass dieses Geld weiterhin zu den bewaffneten Gruppen fließt, dann würde dies Wirkung zeigen.

Wie reagieren die Mobilfunkhersteller auf den Vorwurf, dass ihre Handys den Krieg im Kongo finanzieren?

Für die Recherchen zu meinem Film habe ich über ein Jahr lang jede Woche bei [einem namhaften Handyhersteller] angerufen, ich wurde von einer Stelle zur nächsten weitergeleitet. Inzwischen schreibt [die Firma] auf ihrer Website, dass sie gute Absichten haben, aber bis heute können sie nicht garantieren, dass sie dieses Coltan nicht auch in ihren Mobilfunkgeräten verwenden. Ich meine, die Handy-Unternehmen müssen doch wissen, woher ihre Materialien kommen. Ein Supermarkt weiß ja auch, wo seine Ware herkommt.

Dann geht es also eigentlich um etwas ganz anderes?

Letztendlich geht es nur um den Preis. Wenn das Mobiltelefon durch illegales Coltan billiger produziert werden kann, dann kann man günstiger als die Konkurrenz sein. Und die Käufer von Mobiltelefonen schauen auf die Preise.

Handy – mit Verantwortung

1. Warum mir mein Handy wichtig ist – tauschen Sie sich in Kleingruppen aus.
2. Lesen Sie die Berichte zu den beiden Filmen; vielleicht können Sie auch Szenen daraus ansehen. Kommentieren Sie das Gelesene bzw. Gesehene und beziehen Sie dabei Gedanken wie Mitgefühl, Verantwortung, Menschenwürde, Nächstenliebe ein (→ S. 74–81).
3. Kein Handy ist auch keine Lösung. Bewerten und diskutieren Sie die folgenden Vorschläge und ergänzen sie ggf.: Ein Handy so lange wie möglich nutzen / gebrauchte Handys auf den Sondermüll / an der eigenen Schule eine Handysammelaktion veranstalten / bei Firmen nachfragen, woher sie ihre Rohstoffe beziehen / »faire« Handys kaufen.

AUS UMFRAGEN VON 2019/20

- 60,7 Millionen Deutsche nutzen ein Smartphone.
- 8,15 Milliarden Mobilfunkanschlüsse gibt es weltweit.
- Von den 16 bis 18-jährigen Jugendlichen in Deutschland sind 94 % im Besitz eines Handys/Smartphones.
- Im Durchschnitt wird ein Handy alle 18 Monate gewechselt. Viele Handyverträge beinhalten das Angebot, das Gerät alle ein bis zwei Jahre kostenlos auszutauschen.

INFO **Umkämpfte Rohstoffe**

Smartphones und elektronische Geräte sind aus unserem Alltag nicht mehr wegzudenken. Doch sowohl ihre Herstellung als auch ihre Entsorgung sind mit großen sozialen und ökologischen Problemen verbunden.
Für die Herstellung von Chips und Kondensatoren wird z.B. der Rohstoff Coltan benötigt. Die größten Coltanvorkommen der Welt befinden sich im Kongo. Um diese Bodenschätze sind blutige Konflikte entstanden. Wegen des Kampfes um das Coltan starben bereits über fünf Millionen Menschen. Inzwischen sind Rohstoffe aus Konfliktgebieten verrufen – aber auch das ist problematisch für die Menschen, die vom Bergbau leben.
Die Entsorgung der Geräte erfolgt oft illegal – z.B. weil Geräte im Hausmüll landen oder weil dubiose Händler Elektroschrott sammeln bzw. stehlen und – als »gebrauchsfähig« deklariert – nach Afrika und Asien exportieren.

SODOM – DEIN SMARTPHONE IST SCHON HIER (DOKUMENTARFILM VON 2018)

Apokalyptische Bilder, die uns den Atem rauben. Sie erinnern an Hollywoods spektakuläre Szenarien vom Weltuntergang – und sind doch völlig real. Agbogbloshie heißt jener Teil der ghanaischen Hauptstadt Accra, in dem eine der größten Elektro-Müllhalden der Welt liegt. Er gehört zu den verseuchtesten Arealen der Welt. Rund 6000 Frauen, Männer und Kinder leben und arbeiten hier. Sie nennen ihren Stadtteil »Sodom« nach einer der beiden biblischen Städte, die Gott mit Feuer und Schwefel strafte. 250000 Tonnen ausrangierte Computer, Monitore, Smartphones und anderer Elektroschrott gelangen Jahr für Jahr nach Agbogbloshie – aus Europa und aller Welt illegal nach Ghana verschifft. Vor noch nicht allzu langer Zeit war das Gebiet am Stadtrand von Accra Sumpfland. Heute ist es ein digitaler Friedhof von monströsen Ausmaßen, durch den giftige Rinnsale sickern. Blei, Kadmium und Quecksilber haben längst Boden und Wasser kontaminiert. Für die Menschen, die hier leben, ist der Müll Lebensgrundlage und Bedrohung zugleich. Kinder und Jugendliche zerkleinern den Schrott. Rundherum lodern riesige Feuer. Tiefschwarze Rauchwolken ziehen darüber hinweg. Alte Kabel, Computer und Monitore werden verbrannt, um den Kunststoff zu schmelzen und an die wertvollen Metalle zu gelangen. Der Verkauf von wiederverwertbarem Material sichert (den Menschen) ihre Existenz – um den Preis schwerer gesundheitlicher Schäden. Eine andere Chance haben sie nicht.

Joachim Gärtner

Aus dem Film »Welcome to Sodom«

? ALLES SO VERWICKELT – KANN MAN DA NOCH VON VERANTWORTUNG SPRECHEN!

Entscheidung …

24 WOCHEN – DER FILM

Die Kabarettistin Astrid ist ein berühmter Fernsehstar; sie und ihr Mann und Manager Markus führen mit ihrer Tochter Nele ein glückliches Familienleben und freuen sich auf ihr zweites Kind. Doch bei einer Vorsorgeuntersuchung erfahren sie, dass das Baby das Downsyndrom hat. Sie trauen sich zunächst zu, gemeinsam damit umzugehen. Doch dann erfahren sie, dass ihr Kind zusätzlich einen schweren Herzfehler hat, kurz nach der Geburt operiert werden muss, wochenlang an Geräten verbringen muss und wahrscheinlich sein Leben lang schwer behindert sein wird. Astrid kämpft mit der Entscheidung, eine Spätabtreibung durchführen zu lassen – dabei stoßen ihre Ehe und die Beziehung zu Nele an ihre Grenzen.

*Nach der ersten Diagnose erzählen Astrid und Markus Angehörigen und Freund*innen, dass das Baby das Downsyndrom hat:*

Markus: »Als Kind hab ich mit 'nem Downie gespielt. – Downie – darf man das überhaupt sagen?«
Astrid: »Mongo darf man nicht sagen« (nach einer Pause) »Eltern dürfen, glaub ich, alles sagen« (und nach noch einer Pause) »Wie er wohl aussehen wird …?«

INFO

Dilemma

Von einem ethischen Dilemma spricht man, wenn es in einer Konfliktsituation keine »richtige« Lösung gibt. Dies ist z. B. der Fall, wenn es für jede mögliche Entscheidung gute Gründe gibt oder wenn man, um jemandem zu helfen, einem anderen unausweichlich schaden muss. Letzteres trifft etwa für eine*n Notärzt*in zu, der/die in der Kürze der Zeit nur einer von mehreren verletzten Personen helfen kann.

Besonders im Umgang mit Anfang und Ende des Lebens gibt es immer wieder ethische Konflikte, z. B. im Zusammenhang mit PND (→ S. 88), PID, ungewollter Schwangerschaft, Sterbehilfe (vgl. 9. Jgst.). Hier müssen gesetzliche Vorgaben ausgehandelt werden. Dabei gibt es oft heftige Auseinandersetzungen in der Öffentlichkeit, unter Politiker*innen und in den beteiligten Ethikkommissionen (wie z. B. 2020 in der Diskussion um assistierten Suizid [vgl. 9. Jgst.] und 2021 um den Bluttest auf Trisomie 21 als Kassenleistung).

Die von einer Konfliktsituation betroffene Person kann letztlich nur nach ihrem Gewissen entscheiden, und sie muss mit dieser Entscheidung leben.

✣ *Astrid und Markus sind unterschiedlicher Meinung über die Möglichkeit eines Schwangerschaftsabbruchs:*

Markus: O.k., was wird das denn heißen, theoretisch, im 6. Monat. Ich hab einfach Angst, dass wir da immer dran denken würden, also, dass uns das gar nicht mehr loslässt, glaubst du nicht?

Astrid: Doch. Ich bin doch viel näher dran, ich spür's jeden Tag.

Markus: Ich hab irgendwie das Gefühl, wir würden uns schuldig machen.

Astrid: Kommst du jetzt auf dieses christliche Schuld-Ding? Das ist eigentlich nicht so, wie du sonst redest.

Markus: Nee, ich mein das ja jetzt auch nicht wie mein Vater, also nicht im christlichen Sinne – schon, ja, vielleicht ist es doch christlich, weiß ich nicht, aber irgendwie werden wir so zu dem, zu den Entscheidern über das Leben eines anderen Menschen, das fühlt sich für mich irgendwie falsch an.

Astrid: Aber das kann ja nicht für sich selbst entscheiden. Da müssen wir das doch tun.

✣ *Vor der Abtreibung spricht Astrid mit einer Hebamme:*

Astrid: Wie würden Sie denn an meiner Stelle entscheiden? –

Hebamme: So eine Entscheidung kann man nur treffen, wenn man sie treffen muss. Das kann einem keiner abnehmen. Und da darf auch keiner drüber urteilen. –

Astrid: Ich hätt mich so gern anders entschieden. [...] Aber es ging oder es geht einfach nicht. Vielleicht, weil ich nicht stark genug bin. [...] Oder zu viel Angst habe [...] Und ich hoffe einfach, dass es das Richtige ist. Für das Kind. Für uns alle.

✣ *Nach dem Schwangerschaftsabbruch:* Ein Foto ihres toten Babys und seine Fußabdrücke helfen Astrid, ihr Kind anzunehmen und um es zu trauern.

§ 218 A (2) STRAFGESETZBUCH

Der mit Einwilligung der Schwangeren von einem Arzt vorgenommene Schwangerschaftsabbruch ist nicht rechtswidrig, wenn der Abbruch der Schwangerschaft unter Berücksichtigung der gegenwärtigen und zukünftigen Lebensverhältnisse der Schwangeren nach ärztlicher Erkenntnis angezeigt ist, um eine Gefahr für das Leben oder die Gefahr einer schwerwiegenden Beeinträchtigung des körperlichen oder seelischen Gesundheitszustandes der Schwangeren abzuwenden, und die Gefahr nicht auf eine andere für sie zumutbare Weise abgewendet werden kann.

»Ich hoffe einfach, dass es das Richtige ist.«

1. Lesen Sie die Filmszenen oder sehen Sie sie sich an. Führen Sie Schreibgespräche über Ihre Eindrücke.
2. Formulieren Sie den ethischen Konflikt (oder: die Konflikte?), um den oder die es im Film geht.
3. Arbeiten Sie aus den Szenen heraus, was die beteiligten Personen fühlen, was ihnen wichtig ist, welche Argumente sie anführen.
4. Probieren Sie in Gruppen, die »Schritte der Entscheidungsfindung« (→ S. 73) auf den Konflikt, den Astrid und Markus erleben, anzuwenden. Dazu finden Sie auf den → Seiten 86–91 Materialien. Präsentieren und diskutieren Sie Ihre Ergebnisse im Plenum.

Pränataldiagnostik

? WÄRE ES BESSER, WENIGER ZU WISSEN?

VORSORGE ODER SELEKTION?

Die Pränataldiagnostik (PND) bietet werdenden Eltern heute in der frühen Schwangerschaft die Möglichkeit, ihr Kind auf eventuelle Behinderungen oder Krankheiten hin untersuchen zu lassen. Kinder, die eine Fehlbildung haben, können nun gleich nach der Geburt oder sogar noch im Mutterleib operiert werden. Die PND kann Eltern aber auch – im Falle einer positiven Diagnose – in ein emotionales und moralisches Dilemma bringen.

[Mit modernen Ultraschallgeräten] können Fehlbildungen mit einer großen diagnostischen Sicherheit erkannt werden. Techniken wie die Ultraschalluntersuchung nennt man nicht-invasiv, weil dabei nicht in den Körper der Schwangeren eingegriffen wird.

Daneben gibt es auch invasive Untersuchungsmethoden. So können beispielsweise durch die Fruchtwasseranalyse ab der 13. Schwangerschaftswoche Fehlbildungen erkannt werden. Dazu wird der Schwangeren Fruchtwasser entnommen, in dem sich auch Zellen des Kindes befinden. Diese werden auf mögliche Abweichungen in der DNA oder den Chromosomen hin untersucht. Weitere invasive Verfahren sind die Entnahme und Untersuchung von Blut aus der Nabelschnur oder die Chorionzottenbiopsie, bei der einige der Zellen aus der Eihaut entnommen werden, die später die Plazenta bilden.

Invasive Maßnahmen werden vor allem dann empfohlen, wenn es genetische Vorbelastungen in der Familie gibt oder ein nicht-invasiver Test wie die sogenannte Nackenfaltenmessung Auffälligkeiten zeigt. Solche Untersuchungen sind jedoch immer auch ein Risiko für die Schwangerschaft. Sie können z. B. eine Frühgeburt auslösen.

Seit 2013 gibt es mit einem neuen Bluttest eine ziemlich genaue und risikofreie Möglichkeit, um festzustellen, ob das ungeborene Kind einen der untersuchten Chromosomenfehler in sich trägt. Viele Frauen empfinden diesen nicht-invasiven Test als die bessere Alternative zur Fruchtwasseruntersuchung. [Doch] die Tatsache, dass heute so früh feststellbar ist, ob ein ungeborenes Kind möglicherweise behindert oder krank zur Welt kommen wird, stellt immer mehr Eltern vor Entscheidungen, die nicht leicht zu treffen sind. Darf man ein Kind abtreiben, nur weil man weiß, dass es behindert ist – oder ist das Selektion? Tatsächlich entscheiden sich die meisten Eltern gegen ihr ungeborenes Kind nach einer positiven Diagnose. 9 von 10 Schwangeren lassen ihr Kind nach einer Trisomie-21-Diagnose abtreiben.

Viele Kritiker sehen infolge der Ausweitung der diagnostischen Möglichkeiten die Gefahr, dass der gesellschaftliche Druck auf die Eltern steigt, ein behindertes Kind nicht zu bekommen. Eltern, die sich trotzdem für ein solches Kind entscheiden, ernten in unserer auf Effizienz ausgelegten Gesellschaft immer öfter Unverständnis oder sehen sich sogar dem unterschwelligen Vorwurf ausgesetzt, dass sie »es doch hätten wegmachen« sollen.

Aus dem Begleitmaterial zum Film 24 Wochen

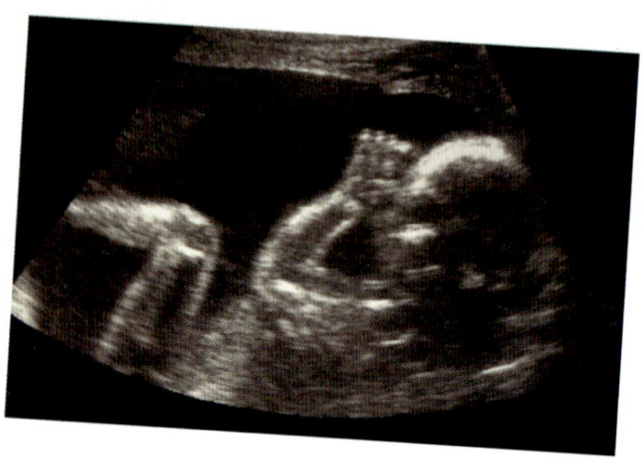

Ultraschallbild eines Fötus in der 24. Woche

Anzahl der Spätabtreibungen in Deutschland im Jahr 2019	
12. bis 21. Schwangerschaftswoche	2.271
ab der 22. Schwangerschaftswoche	648
gesamt	**2.919**

Diakonie Menü

Unser Beratungsverständnis

Startseite

Unser Angebot

Aktuelles

Kontakt

Diakonie – Beratung bei vorgeburtlicher Diagnostik

Die Pränataldiagnostik bietet heute die Möglichkeit, schon zu einem frühen Zeitpunkt Aussagen über mögliche Auffälligkeiten bei einem ungeborenen Kind zu treffen. Aber möchten Sie das wirklich wissen? Und wenn ja, was bedeutet ein Ergebnis für Sie? Wir möchten Sie in jeder Phase der pränatalen Untersuchung ermutigen, sich bewusst zu überlegen, ob Sie diesen Schritt verantworten können und wollen.

Besonders nach einer Diagnosestellung gibt es keine »einfache« Entscheidung. Auf der einen Seite steht das Kind, auf das Sie sich wahrscheinlich gefreut haben und dessen Würde durch nichts infrage gestellt werden kann. Auf der anderen Seite kann das Leben mit einem schwerstbehinderten Kind eine unzumutbare Belastung für die Mutter oder die gesamte Familie bedeuten. Für diesen Fall hat der Gesetzgeber die medizinische Indikation durch einen Arzt vorgesehen, aber Sie müssen mitentscheiden.

In den Beratungsgesprächen möchten wir Ihnen einen geschützten Raum anbieten, in dem Sie sich ohne Druck von außen Ihre Situation anschauen können. Auch die scheinbar widersprüchlichen Gefühle, Angst, Hoffnung und Verzweiflung finden ihren Platz. Sie können Anteilnahme erleben und werden ermutigt, Handlungsspielräume zu suchen. Vielleicht lassen sich Lösungen für Ihre Konflikte und Probleme finden, vielleicht müssen Sie lernen, dass es unlösbare Konflikte gibt. Wir wollen Sie in beiden Wegen unterstützen.

Als evangelische Beratungsstelle stehen wir auf Ihrer Seite, ohne Sie oder Ihre Entscheidung zu bewerten oder zu verurteilen. Wenn Sie es wollen, begleiten wir Sie weiter, unabhängig davon, wie Sie sich entscheiden.

Unsere Beratungen sind kostenlos und ergebnisoffen. Sie unterliegen der Schweigepflicht und sind unabhängig von Konfession und Nationalität.

1 | 2 | 3 | »

HAUPTSACHE GESUND?

Im Zeitalter von Fitness und Wellness gelingt Leben, solange man jung, sportlich, gesund und fit ist. Jede Einschränkung oder gar Behinderung ist Infragestellung des Gelingens. Unter der Herrschaft des Slogans »Hauptsache gesund« werden Einschränkungen der physischen, psychischen oder geistigen Kräfte als totale Bedrohung gelingenden Lebens erfahren. Das hat Folgen in der Beurteilung aller Kranken und insbesondere behinderter Menschen am Lebensanfang und für die Beurteilung von Menschen mit schwindenden geistigen und körperlichen Kräften am Lebensende.
Gunda Schneider-Flume, Theologin

PND in der Diskussion

1. Fassen Sie die Informationen zur PND (→ S. 88, ggf. ergänzt durch weitere Fakten aus dem Internet) in einer Mindmap zusammen. Arbeiten Sie Aspekte heraus, die für und gegen PND sprechen.
2. Diskutieren Sie anhand von Beispielen, ob Sie G. Schneider-Flumes Aussage (links) zustimmen können.
3. Ein evangelisches Angebot: Charakterisieren Sie die Haltung, die aus dem Internetauftritt der Diakonie spricht, und begründen Sie, warum sie zum christlichen Glauben passt.

Erfahrungen ...

Aufkleber zum Welt-Down-Syndrom-Tag am 21. März 2021

EINE MUTTER BERICHTET

Es ist mehr als zwölf Jahre her, als ich mit unserem ersten Kind schwanger war. Mein Freund und ich heirateten und freuten uns auf unser neues Leben als Eltern. Wir verzichteten auf pränatale Untersuchungen. Ich hatte keine Ängste, ein behindertes oder krankes Kind zu bekommen, und ich glaube nicht, dass ich mich auf den Schock in irgendeiner Weise hätte vorbereiten können. Ich bin bis heute froh, dass wir Willi im Arm halten konnten, als wir erfuhren, dass er das Downsyndrom hat. Denn zum Glück hatten wir unseren unendlich süßen Sohn Willi, mit seinen hübschen, winzigen Händchen und mit seiner zarten Wange, an die wir uns anschmiegen konnten. Das tröstete uns über jeden Schmerz.

Leider wurde unser Sohn nur wenige Wochen nach seiner Geburt schwer krank. Willi infizierte sich mit einem resistenten Krankenhauskeim. Er benötigte einen Luftröhrenschnitt und litt unter dauerhaften epileptischen Anfällen. Sein erstes Lebensjahr verbrachten wir im Krankenhaus oder wochenweise – umgeben von Intensiv-Krankenschwestern und medizinischen Apparaten – in unserer Wohnung. Meinen Mann und mich, überhaupt unsere ganze Familie, hat diese Zeit eng zusammengeschweißt. Wir weinten miteinander und konnten – trotz allem – immer noch viel lachen. Manchmal taten wir sogar beides gleichzeitig. Ich hatte große Ängste in dieser Zeit. Ich war in eine Depression gerutscht. Mir half eine medikamentöse Behandlung und langsam wuchsen wir in das Leben mit einem behinderten Sohn hinein. Im Krankenhaus lernte ich Mütter anderer schwer kranker oder behinderter Kinder kennen. Sie verstanden meinen Schmerz und meine unendliche Liebe zu meinem Sohn. Das war mir eine große Hilfe.

Heute liegt das alles lange hinter uns. Willi ist schon zwölf und unsere Tochter Olivia zehn Jahre alt. Wir haben uns gefreut, dass wir noch ein zweites Kind ganz ohne Komplikationen auf die Welt bringen durften. Trotzdem hat Olivia unser Leben fast genauso auf den Kopf gestellt wie Willi. Willi ist seit vielen Jahren gesundheitlich ganz stabil, das ist ein großes Geschenk. Er ist ein glückliches, sehr lebensfrohes Kind. Im Vergleich zu anderen Kindern mit Downsyndrom entwickelt er sich – aufgrund der schweren epileptischen Anfälle im Säuglingsalter – allerdings sehr langsam. Er kann zum Beispiel nicht sprechen oder selbständig auf die Toilette gehen.

Trotzdem führen wir eigentlich ein ganz normales Leben. Also für uns ist es wenigstens normal. Auf andere wirken wir schon manchmal ziemlich verrückt, doch das stört mich nicht. Im Gegenteil, es hat auch etwas Befreiendes.

Birte Müller

Anders normal

1. B. Müller erzählt von wechselnden Gefühlen: Benennen Sie sie; gestalten Sie sie mit Farben und/oder Formen.
2. Schreiben Sie mögliche Erzählungen aus der Perspektive Olivias oder des Vaters.
3. Führen Sie ein Schreibgespräch zum Bildmotiv und zum Motto des Aufklebers (oben).
4. Lesen Sie weitere Beiträge von Natalie Dedreux → S. 91 im Internet oder den sozialen Medien. Worüber würden Sie mit ihr sprechen, was sie fragen wollen? Verfassen Sie dazu eine Nachricht.
5. Entdecken Sie in P. Radtkes Text (→ S. 91) Gedanken aus Kap. 1 (→ S. 11).

VIELFALT GOTTES UND DER MENSCHEN

In 1 Mose 1,27 lesen wir »Da schuf Gott den Menschen nach seinem Bilde; nach dem Bilde Gottes schuf er ihn ...« Wie, wenn die Worte nicht primär etwas über den Menschen aussagen sollten, als vielmehr einen Hinweis auf das Wesen Gottes gäben? Wir sehen die sehr unterschiedlichen Formen von Menschsein, ob als Mann oder Frau, Europäer oder Asiate, Muskelpaket oder verkrüppelter Zwerg. Gleichzeitig hören wir, dass sich im Menschen Gott widerspiegle. Wer möchte sich dafür verbürgen, dass Gott nur männlich, Europäer und nichtbehindert ist? Wenn aber auch Blindheit, Taubheit, Lähmung als göttliches Attribut denkbar wird, dann kann solche Behinderung nicht Defizit sein. All dies ist ein Zeichen der Vielfalt, ein Zeichen der Nicht-Normierung, der Freiheit, der ungebändigten Schöpferkraft.

Die Ausmerzung des Andersseins, wie es sich in jüngster Zeit in einer übersteigerten Tendenz zur Gentechnologie, zur Pränataldiagnostik, zur Aufweichung des Abtreibungsparagraphen, gerade auch in Bezug auf behinderte Föten, und zur Liberalisierung der Sterbehilfe abzeichnet, ist ein Angriff nicht nur gegen die Menschenwürde des schwächeren Teiles der Gesellschaft. Es ist auch eine Attacke gegen Gott selbst. Schließlich hat er den Menschen nicht als uniformes Wesen, sondern in seiner Mannigfaltigkeit als Ebenbild seiner selbst geschaffen.

Peter Radtke

Natalie Dedreux hat 2019 eine Petition gegen den Bluttest auf Trisomie 21 (➜ S. 88) als Kassenleistung gestartet.

»DAS DOWN-SYNDROM IST COOL«

Mein Name ist Natalie Dedreux und ich bin 22 Jahre alt. Ich habe das Down Syndrom. Das Down Syndrom ist keine Krankheit. Wir haben ein Chromosom zu viel, wir haben 47 Chromosomen, ihr anderen habt 46 Chromosomen.

Ich bin Aktivistin und kämpfe für Menschen mit Down Syndrom. Das mache ich im Internet und auf Instagram und im Fernsehen und manchmal auch in echt.

Ich finde mein Leben gut, weil ich so viel anerkannt bin. Ich finde es cool, dass die Menschen mich im Fernsehen und in der Zeitung sehen und lesen. Ich finde es cool berühmt zu sein. Dann sehen die Menschen, wie cool Menschen mit Down Syndrom sind. Ich hoffe mal, dass sie dann weniger Abtreibung machen.

Aus der Homepage von Natalie Dedreux

Der Autor des Textes, Peter Radtke (1943– 2020), war Schauspieler und promovierter Romanist. Aufgrund seiner Behinderung (➜ Osteogenesis imperfecta) war er auf den Rollstuhl angewiesen. Er setzte sich für die Rechte von Menschen mit Behinderung ein, u. a. auch als Mitglied des ➜ Deutschen Ethikrates.

Schuld und Scheitern …

Plakat zur Aktion ⊸ *»Sieben Wochen ohne«, 2011*

ALLES FALSCH GEMACHT

- Annika macht eine Ausbildung zur Erzieherin. Gestern auf dem Spielplatz hat die kleine Julia bitterlich geweint, sie hat sie auf den Arm genommen und getröstet. Dabei hat sie nicht gemerkt, dass sich gleichzeitig hinter ihr Leon und David in die Haare geraten sind. Am Ende hat Leon David einen Stein an den Kopf geworfen, erst beim drauffolgenden Geschrei hat Annika sich umgedreht und eingegriffen. Zum Glück ist es nur eine Platzwunde, aber die Eltern von David waren sehr wütend. Natürlich gab es auch eine Strafpredigt von der Kindergartenleiterin. Annika ist niedergeschlagen: »Ich fürchte, das ist nicht der richtige Beruf für mich«, sagt sie abends zu ihrem Freund, »ich packe das einfach nicht, diese Verantwortung.«
- Felix hat ein Praktikum in einem Seniorenheim begonnen. Er soll sich vor allem um Frau Schneider kümmern, sie im Rollstuhl spazieren fahren, ihr vorlesen, mit ihr reden. Doch was er auch unternimmt – und er ist eigentlich ein witziger Typ und überall beliebt – sie spricht kaum, hat zu nichts Lust, manchmal erkennt sie ihn nicht, gestern hat sie ihn verdächtigt, Geld aus ihrem Zimmer genommen zu haben. Felix ist ratlos, er hatte sich auf diese Aufgabe gefreut, vielleicht wäre das sogar eine Berufsperspektive – aber jetzt hat er nur noch das Gefühl, alles falsch zu machen.
- In der Klasse 10 b hat es einen üblen Fall von Cybermobbing gegeben. Der Verdacht fällt sofort auf Max – es wäre nicht das erste Mal. Doch der beteuert, nichts damit zu tun zu haben. Peter, der Klassensprecher, glaubt ihm und setzt sich für ihn ein: In der Klasse, bei den Lehrkräften, im Disziplinarausschuss kämpft er für ihn – mit Erfolg. Darum bricht für ihn eine Welt zusammen, als er nach einiger Zeit erfährt, dass Max gelogen und ihn nur ausgenützt hat. »Nie wieder«, denkt er sich.

»Ich war's!«

1. Analysieren Sie das Plakat. Achten Sie dabei auf die Körperhaltung des Mannes. Probieren Sie selbst Körperhaltungen und Gesten aus, die einerseits zu »Ausreden«, andererseits zu »Ich war's« passen.
2. In sozialen Netzwerken können Timelines angelegt werden – wie wäre es, wenn man dabei einmal statt schöner Erlebnisse Fehler aufzählen würde, Missgeschicke, Erfahrungen des Scheiterns? Probieren Sie es für sich 🔒 und tauschen Sie sich aus, warum das möglicherweise schwierig war.
3. Annika, Felix und Peter haben Verantwortung übernommen – und nun … – beschreiben Sie ihre Gefühle. Vergleichen Sie sie mit eigenen Erfahrungen.
4. »Nimm's nicht so schwer!«, »Du kannst doch nichts dafür!«, »Unternimm etwas Schönes und vergiss es!« – begründen Sie, warum solche gutgemeinten Ratschläge in diesen Fällen problematisch sein können. Formulieren Sie mögliche Antworten von Annika, Felix und Peter.

OHNE SCHULD?

[Die Frage ist], ob Handeln überhaupt ohne Schuld möglich ist. Schließt nicht das Wahrnehmen von Verantwortung zwangsläufig Schuld ein – oder zumindest die ständige Bereitschaft, handelnd schuldig zu werden? Gibt es in Fragen der Medizinethik, der Friedens- und Sicherheitspolitik, der Welternährung oder der Energiegewinnung Handlungsalternativen, die klar in Gut oder Schlecht zu trennen sind? Lassen sich persönliche Konflikte in jedem Fall schuldfrei auflösen?

Dem Menschenbild der Bibel entspricht weder moralische Schwarz-Weiß-Malerei noch wertfreie Prinzipienlosigkeit, sondern die im Einzelfall mühsame und oft strittige Unterscheidung des relativ Besseren vom Schlechteren. [...] Politiker können unter folgenschweren Abwägungen leiden. Soldaten, die in der Friedenserhaltung dienenden Einsätzen Menschen getötet haben, können in eigenen Schuldvorwürfen gefangen sein und den Lebensmut verlieren.

Der Theologe Dietrich Bonhoeffer war an der Vorbereitung des Hitler-Attentates vom 20. Juli 1944 beteiligt. Die Bereitschaft, handelnd Schuld zu übernehmen, verstand er als praktische Einstimmung in das Evangelium von Gottes Liebe, die im Kreuz alles trägt. [...] Nicht schuldig werden und sich aus moralischer Verstrickung heraushalten zu wollen, ist für Bonhoeffer selbstsüchtiger Verrat am christlichen Glauben, dient es doch dem moralischen Egoismus.

Klaus Beckmann, evangelischer Pfarrer, ehemaliger Militärseelsorger

Schuld riskieren

1. Ist Verantwortung ohne Schuld überhaupt möglich? Erläutern und diskutieren Sie K. Beckmanns Gedanken zu dieser Frage.
2. In diesem Buch sind Sie an mehreren Stellen Gedanken D. Bonhoeffers begegnet. Ziehen Sie Verbindungen zwischen dieser Seite und den → Seiten 25 und 60 f.
3. Beschreiben und deuten Sie das Plakat; setzen Sie die beiden Plakate und Aktionen von »Sieben Wochen ohne« auf dieser Doppelseite in Beziehung zueinander.

» In konkreter Verantwortung handeln, heißt in Freiheit handeln, ohne Rückendeckung durch Menschen oder Prinzipien selbst entscheiden, handeln und für die Folgen des Handelns einstehen.
(Dietrich Bonhoeffer)

Plakat zur Aktion »Sieben Wochen ohne«, 2013

Im Raum der Vergebung …

ENTSCHULDIGUNG

»Tschuldigung!« »Nein, ich entschuldige nicht!«: Das wäre mal ein überraschender Dialog. Einer, der ein Ende macht mit gedankenlosen Gemeinheiten und leichtfertigen Entschuldigungen. Heutzutage trampelt man ja gelegentlich ganz gern auf den Zehen und Seelen seiner Mitmenschen herum und kommentiert solche Rücksichtslosigkeit dann mit einem lässigen »Dumm gelaufen«.

Entschuldigung ist wohl das schwerste Wort. Es setzt voraus, dass jemand eine ordentliche Portion Wahrnehmungs- und Einfühlungsvermögen besitzt und spürt: Hier ist etwas grundsätzlich schief gelaufen. In einem zweiten Schritt ist die unangenehme Einsicht dran: Ich höchstpersönlich habe etwas falsch gemacht und einen Menschen getroffen, gekränkt, verletzt. Solche Selbsterkenntnis kratzt am eigenen Ego. Hat man es schließlich doch geschafft, sich voller Reue zu entschuldigen, dann ist längst nicht sicher, dass der andere verzeiht. Auch das macht es schwer, sich einen Ruck zu geben. Man kann sich eben nicht selbst entschuldigen, auch wenn es so klingt: »sich« entschuldigen. Nur der, den man geärgert, gekränkt oder verletzt hat, kann die Angelegenheit als erledigt betrachten.

Immer allerdings wird das nicht gehen. Es gibt Taten, Verbrechen, die so folgenschwer sind, dass einer nie darüber hinwegkommt. Mit dieser bitteren Erkenntnis müssen dann Täter und Opfer weiterleben.

»Gott vergibt, Django nie« heißt ein Western. Ein ziemlicher Schwächling, dieser Cowboy. Denn stark muss man sein, um verzeihen zu können. In einer der biblischen Geschichten um Jesus fragt Petrus: »Wie oft muss ich denn meinem Bruder vergeben? Genügt es siebenmal?« Jesus antwortet weise: »Nicht siebenmal, sondern siebzigmal siebenmal.« Das ist ein Hinweis auf den nötigen Kraft- und Zeitaufwand, auf die Intensität von Vergebung. Erst wenn ich ein kräftiges Ich besitze, wenn ich stark genug bin, um mich nicht durch andere als bedroht zu empfinden, kann ich vergeben.

Susanne Breit-Kessler, Theologin

Nichts für Schwache …

1. S. Breit-Kessler spricht von »leichtfertigen Entschuldigungen« und nennt Entschuldigung andererseits das »schwerste Wort«. Erläutern Sie beides anhand von Beispielen aus dem eigenen und dem öffentlichen Leben (vgl. auch → S. 92).
2. »Stark muss man sein, um verzeihen zu können«: Verfassen Sie Dialoge oder Szenen, die diese Aussage S. Breit-Kesslers verdeutlichen.
3. Lesen und deuten Sie das Gleichnis, das Jesus auf Petrus' Frage nach der Vergebung erzählt (Mt 18,21–35).
4. Interpretieren Sie die Gestaltung des Gleichnisses auf dem Bild unten; untersuchen Sie, wie hier Stärke und Schwäche sichtbar werden.

Otto Münch, Der unbarmherzige Knecht; Relief aus dem Portal des Großmünsters Zürich

WIE EIN FEST NACH LANGER TRAUER

Text: Jürgen Werth, Melodie: Johannes Nitsch, Rechte: 1988 SCM Hänssler, D–71087 Holzgerlingen

Und vergib uns unsere Schuld, wie auch wir vergeben unseren Schuldigern.
Mt 6,12

»Schau hin!« – Vergebung als Perspektivwechsel

1. Hören und/oder singen Sie das Lied. Es enthält zahlreiche Metaphern und Vergleiche für Vergebung und Versöhnung. Suchen Sie die für Sie passendsten aus und begründen Sie Ihre Wahl.
2. Fertigen Sie eine Fotostrecke zum Thema Vergebung an: Sie können Bilder aus dem Lied verwenden oder solche, die Ihnen selbst dazu einfallen.
3. Gehen Sie zurück zu den Beispielen auf → S. 92. Entwerfen Sie in Gruppen Gespräche mit Annika, Felix und Peter, in denen Sie ihnen aus dem Gedanken der Vergebung heraus neue Perspektiven eröffnen und Ideen entwickeln, wie es weitergehen könnte.
4. Probieren Sie doch einmal, was sich ändert, wenn man in der Bitte des Vaterunsers (Mt 6,12) »wie« z.B. durch »damit«, »weil«, »wenn«, »sodass« usw. ersetzt. Entscheiden Sie, welche Formulierung am besten zu Mt 18,21–35 passt.

Im Zusammenhang

Freiheit und Verantwortung gehören untrennbar zusammen und stehen doch oft in Spannung zueinander, wenn es konkret darum geht: Was soll ich jetzt tun? Wenn Sie dieses Kapitel durchgearbeitet haben, können Sie

- ethische Problemstellungen im persönlichen und gesellschaftlichen Leben genauer wahrnehmen
- beschreiben, wie sich dabei Freiheit und Verantwortung zueinander verhalten
- sich eine eigene Meinung bilden, sie vertreten und dabei christliche Vorstellungen von Gott und dem Menschen einbeziehen.

Testen Sie es!

Das Ende der Schulzeit steht bevor – die Mittlere Reife ist erreicht – wenn das nicht ein Grund zum Feiern ist! Da wird es viele Feste geben, privat und öffentlich in der Schule. Und Reden werden gehalten werden, von Schulleiter*innen, Elternvertreter*innen, Schülervertreter*innen. Gedanken wie »Freiheit« und »Verantwortung« spielen in solchen Reden oft eine wichtige Rolle. Entwerfen Sie eine kurze Ansprache für eine*n Schülervertreter*in, in die Sie Gedanken dieses Kapitels einbeziehen.

Mittlere Reife – und nun? Eine Ausbildung machen – aber welche? – oder weiter die Schulbank drücken? Erarbeiten Sie in Gruppen Präsentationen zu einzelnen Berufen, die für Sie interessant sind. Berücksichtigen Sie dabei besonders, wieviel Freiheit dieser Beruf verspricht, welche Verantwortung damit verbunden ist und welche ethischen Entscheidungen darin auf Sie zukommen können.

Lexikon

Landeskirche
Verschwörungstheorien
Ismael
Freikirchen
Apokalyptisch
Esoterik
Rechtfertigungslehre
Pietismus
Karma
Talmud
Metapher
Polytheismus
Altkatholisch
Menschensohn
Chiffre

Lexikon

Abba ist im Aramäischen (der Sprache Jesu, einer Form des Hebräischen) eine zärtliche, liebevolle Bezeichnung für »Vater«.

Allein aus Glauben → reformatorische Grundeinsichten

Altkatholisch: Die altkatholische Kirche entstand 1872 in Abgrenzung von »neuen« Lehren der römisch-katholischen Kirche, wie z. B. der 1870 beschlossenen Unfehlbarkeit des Papstes. Sie beruft sich auf die Heilige Schrift sowie auf ursprünglichere Traditionen der katholischen Kirche. So erlaubt sie z. B. die Priesterehe. In Deutschland gibt es ca. 60 altkatholische Pfarreien mit ca. 16.000 Mitgliedern.

Anglikanisch: Die anglikanische Kirche entstand 1534 als englische Staatskirche, als sich König Heinrich VIII. von Rom lossagte, nachdem ihm der Papst die Ehescheidung verweigert hatte. Die anglikanische Kirche vereinigt verschiedene Richtungen, die teils der katholischen Kirche, teils dem Protestantismus nahestehen.

Apokalyptisch bedeutet im engeren Sinn: auf die Apokalypse des Johannes bezogen. Allgemein beschreibt der Begriff auch ein (katastrophales) Weltende und wird daher auch in Bezug auf besonders verheerende Katastrophen verwendet.

Arierparagraph: Im April 1933, nach der »Machtergreifung« durch die Nationalsozialisten, wurde das »Gesetz zur Wiederherstellung des Berufsbeamtentums« erlassen. Es verbot die Beschäftigung von »Nichtariern« im öffentlichen Dienst, also von Personen mit einem jüdischen Eltern- oder Großelternteil. In der Folge wurden Menschen jüdischer Herkunft systematisch aus allen beruflichen und gesellschaftlichen Bereichen verdrängt. Auch einige evangelische Landeskirchen führten den Arierparagraphen ein: »Wer nichtarischer Abstammung oder mit einer Person nichtarischer Abstammung verheiratet ist, darf nicht als Geistlicher und Beamter berufen werden. Geistliche und Beamte arischer Abstammung, die mit einer Person nichtarischer Abstammung die Ehe eingehen, sind zu entlassen« (§2 des Kirchengesetzes der preußischen Landeskirche vom 6. September 1933).

Babylonisches Exil (auch: Babylonische Gefangenschaft) bezeichnet die Zeit des Aufenthalts der judäischen Oberschicht in Babylon nach der Eroberung und Zerstörung Jerusalems durch Nebukadnezar II. Die Zeitspanne umfasst vermutlich die Jahre 587 bis 537 v. Chr. Die Rückkehr nach Jerusalem erfolgte mit der Erlaubnis des gegen die Babylonier siegreichen Perserkönigs Kyros II.

Bedford-Strohm, Heinrich (*1960) ist ein deutscher evangelisch-lutherischer Theologe. Er ist seit 2011 Landesbischof der Evangelisch-Lutherischen Kirche in Bayern und war von 2014–2021 Ratsvorsitzender der EKD. An seinem ehemaligen Bamberger Lehrstuhl entstand die Dietrich-Bonhoeffer-Forschungsstelle für Öffentliche Theologie, die sich mit theologischen Fragen von öffentlicher Bedeutung beschäftigt.

Bekenntnissynode von Dahlem: Mit »Bekenntnissynode« werden Leitungsversammlungen der »Bekennenden Kirche« zur Zeit des Nationalsozialismus bezeichnet. Sie stehen explizit der Leitungsorganisation der »Deutschen Christen« entgegen. Auf der Bekenntnissynode in Dahlem wurde das »Kirchliche Notrecht von Dahlem« verabschiedet. Dies besagte, dass jede Zusammenarbeit der »Bekennenden Kirche« mit den »Deutschen Christen« abzulehnen und jede Weisung der »Deutschen Christen« unrechtmäßig sei.

Bonhoeffer, Dietrich war ein evangelischer Theologe, der sich im Nationalsozialismus aktiv am Widerstand gegen Adolf Hitler und dessen Diktatur beteiligte. Er wurde am 4. Februar 1906 als sechstes von acht Kindern in Breslau geboren. Sein Vater war Psychiater und Neurologe und späterer Leiter der Berliner Charité. Seine Mutter Paula war von adeliger Herkunft;

Bildung und Weltoffenheit waren der Familie wichtig. 1923 bis 1927 studierte Dietrich evangelische Theologie in Tübingen, Rom und Berlin. Nach seinem Vikariat in Barcelona habilitierte der 24-Jährige an der Universität Berlin. Über seinen anschließenden Studienaufenthalt in New York sagte er später, dass er hier zum Christen geworden sei. Er war tief beeindruckt von den Gottesdiensten der schwarzen Gemeinden in Harlem und vom gesellschaftlichen und politischen Engagement der Kirche, das er hier erlebte. Wieder zurückgekehrt, arbeitete er in Berlin als Studentenpfarrer. Von 1933 bis 1935 war er Pastor an der deutschen evangelischen Gemeinde in London. Nach der Machtergreifung der Nationalsozialisten trat Dietrich Bonhoeffer der Bekennenden Kirche bei. Für sie leitete er ab 1935 das Priesterseminar in Finkenwalde/Pommern, das 1937 von den Nationalsozialisten geschlossen wurde. Bonhoeffer unterrichtete heimlich weiter. 1939 hätte er wieder nach New York gehen können, doch lehnte er dies aus Solidarität mit den Menschen in Deutschland ab. 1940 schloss er sich über seinen Schwager Hans von Dohnanyi einer Widerstandszelle an, die Attentatsversuche gegen Hitler unterstützte und organisierte. Bonhoeffer konnte seine Auslandskontakte nutzen und informierte englische Freunde über die Pläne der Widerstandskämpfer. Nach den misslungenen Attentaten gegen Hitler im März 1943 wurde Bonhoeffer wegen »Wehrkraftzersetzung« im Gefängnis Berlin-Tegel inhaftiert. Kurz vor seiner Verhaftung hatte er sich mit der 18 Jahre jüngeren Maria von Wedemeyer verlobt. Am 20. Juli 1944 scheiterte das Stauffenberg-Attentat gegen Hitler. In Tagebuchaufzeichnungen eines Mitverschwörers, die zufällig entdeckt wurden, fand man Hinweise auf Bonhoeffers Beteiligung. Im Februar 1945 wurde er nach Buchenwald, im April in das KZ Flossenbürg verlegt. Am 9. April 1945, kurz vor Kriegsende, wurde er im Konzentrationslager Flossenbürg hingerichtet. In seiner Zeit im Gefängnis verfasste Bonhoeffer Tagebucheinträge, Briefe, Gedichte und Gebete (u. a. »Von guten Mächten ...«), die unter dem Titel »Widerstand und Ergebung« nachträglich veröffentlicht wurden.

Chicago-Erklärung: Zwischen 1978 und 1986 formulierte der Internationale Rat für biblische Irrtumslosigkeit (*International Council on Biblical Inerrancy*), eine Gruppe evangelikaler Theologen v. a. aus den USA, drei Erklärungen zur Auslegung der Bibel. Darin wird ein fundamentalistisches Schriftverständnis vertreten: Die ganze Bibel sei wortwörtlich von Gott gegeben und stelle darum die verbindliche Autorität für alle Lebensbereiche dar.

Chiffre nennt man ein sprachliches Zeichen, das Ähnlichkeit mit einem Symbol hat, aber schwerer als dieses zu deuten ist: Seine Bedeutung ist oft nur Eingeweihten verständlich.

Christus bedeutet der »Gesalbte« und ist die griechische Übersetzung von Messias (hebr. *maschiach:* der gesalbte König). Mit diesem Namen drückten die frühen Christ*innen aus, dass Jesus für sie der im Alten Testament verheißene Retter und Friedenskönig ist.

Corona-Pandemie (Covid-19-Pandemie): Seit Anfang 2020 verbreitete sich weltweit eine Atemwegserkrankung mit dem neuartigen Virus SARS-CoV-2, der Millionen Menschen zum Opfer fielen und die u. a. massive Einschnitte im sozialen Leben und in der Wirtschaft zur Folge hatte.

Dekanatsbezirk: Mehrere Kirchengemeinden bilden in einer Region einen Dekanatsbezirk. Hier werden übergemeindliche Aufgaben, z. B. in der Diakonie, gemeinsam verwaltet. Das Dekanat bietet aber auch eine Plattform, sich über Gemeindegrenzen hinweg auszutauschen oder gemeinsam Projekte zu verantworten. Dekanatsbezirke sind → Körperschaften öffentlichen Rechts. Der Dekan oder die Dekanin ist der/die Dienstvorgesetzte der Pfarrer*innen und Religionspädagog*innen in einem Dekanatsbezirk. In Bayern gibt es 66 Dekanatsbezirke mit 1536 Kirchengemeinden.

Lexikon

Denkschrift: Die Evangelische Kirche in Deutschland veröffentlicht zu grundlegenden theologischen, sozialen, bildungsbezogenen und gesellschaftlichen Fragen sogenannte Denkschriften. Sie sollen den Leser*innen dabei helfen, über Denk-würdiges nachzudenken. Verfasst werden die Denkschriften von Fachgremien. Als Printausgaben sind sie über den Buchhandel erhältlich, digital als Downloads auf der Homepage der EKD.

Deus ex machina (lat.: Gott aus der Maschine): In der griechischen Tragödie ließ man bei unlösbaren Konflikten manchmal eine Gottheit (mithilfe einer Hebemaschine) hereinschweben, die durch ihr Eingreifen ein gutes Ende brachte.

Deutscher Ethikrat → Ethikkommissionen

Downsyndrom ist die Bezeichnung für eine durch einen genetischen Zufall entstehende Chromosomenveränderung: Bei Menschen mit Downsyndrom ist das 21. Chromosom in der Körperzelle dreifach, statt wie sonst zweifach vorhanden. Deshalb spricht man auch von einer Trisomie 21. Der Begriff Downsyndrom geht auf den Namen des englischen Arztes John Langdon Down zurück, der das Erscheinungsbild als Erster 1866 beschrieb. Allerdings sprach er, wegen der mandelförmigen Augenform, die ihn an Angehörige eines asiatischen Volkes erinnerten, noch von »Mongolismus«. Dies wird heute als rassistisch und abwertend abgelehnt. Medizinischer Fortschritt und verbesserte Fördermöglichkeiten haben dazu geführt, dass Menschen mit Trisomie 21 heute in der Regel eine höhere Lebenserwartung haben als früher und auch ihre geistigen Fähigkeiten besser entwickeln können.

Erweckung ist die Bezeichnung für Bewegungen im weltweiten Christentum seit Ende des 18. Jahrhunderts, die die Bekehrung des Einzelnen und praktische christliche Lebensweise gemäß dem unmittelbar aus der Bibel entnommenen Evangelium Jesu Christi besonders betonen. Die meisten dieser Evangelisations- und Frömmigkeitsbewegungen finden sich im Rahmen des Protestantismus und wollen ein aus ihrer Sicht erstarrtes, verkopftes oder nur oberflächliches Christentum von innen heraus erneuern. Die Erweckungsbewegung hat als Massenbewegung die jüngere Geschichte des Christentums nachhaltig mitgeprägt.

Esoterik bedeutet eigentlich »Geheimlehre«. Heute bezeichnet man mit diesem Begriff eine große Zahl von spirituellen und religiösen Angeboten und Praktiken, die sich als Alternativen zu den etablierten Religionen verstehen, auch wenn sie sich nicht immer klar davon abgrenzen lassen. Formen der Esoterik sind z. B. Magie (Zauberei), Pendel (Herausfinden geheimer Wahrheiten mithilfe von Pendeln), Tarot (Wahrsagekarten), Astrologie (Sterndeutung), Edelsteinkunde (Heilwirkung von Steinen), Geistheilung (heilende Wirkung durch psychische Kräfte), Schamanismus (»Seher«, die mit jenseitigen Mächten in Verbindung treten) u. v. m.

Ethikkommissionen beraten und beaufsichtigen Wissenschaftler*innen in ethischen und juristischen Fragen, z. B. bei medizinischen Studien oder der Entwicklung von Arzneimitteln. Besonders prominent und einflussreich ist der → Deutsche Ethikrat, dem unabhängige Sachverständige aus unterschiedlichen Bereichen angehören, darunter auch aus Kirchen und Religionen, die vom Bundestagspräsidenten alle vier Jahre benannt werden. Der Deutsche Ethikrat erarbeitet Stellungnahmen und Empfehlungen zu Fragen, die für das menschliche Leben bedeutsam sind, (z. B. PND, → PID, Umgang mit der → Corona-Impfung u. v. m.). Er gibt dabei Orientierung für politische Entscheidungen, aber auch für die öffentliche Diskussion.

EZW: Die Evangelische Zentralstelle für Weltanschauungsfragen (EZW) ist eine Forschungs-, Dokumentations- und Beratungsstelle der EKD. Ihre Aufgabe besteht darin, »die Entwicklungen im religiös-weltanschaulichen Bereich zu beobachten und ihre Bedeutung für die Evangelische Kirche in Deutschland zu klären«. Sie will »zur christlichen Orientierung im religiösen und weltanschaulichen Pluralismus beitragen, einen sachgemäßen Dialog mit Anders- und Nichtglaubenden fördern« sowie »über Entwicklungen und Tendenzen der religiösen Landschaft in Deutschland informieren«. Dies geschieht z. B. durch Veröffentlichungen, Tagungen und Beratung.

Feministische Theologie: Sie entstammt der Frauenbefreiungsbewegung, die sich seit Ende der 60er-Jahre gegen die – trotz formaler Gleichberechtigung immer noch existierende – Diskriminierung von Mädchen und Frauen engagiert. Feministische Theologinnen erforschen kritisch Bibel, Kirchengeschichte und christliche Glaubenslehre und -praxis aus der Perspektive von Frauen und kritisieren und revidieren einseitig männliche Denkweisen. Z. B. bringen sie verdrängte Frauentraditionen in einer patriarchalisch geprägten Bibel ans Licht (etwa die Existenz von Jüngerinnen Jesu, die lange Zeit nicht beachtet wurde). Mittlerweile wird die feministische Theologie durch Gender-Theologie ergänzt, wobei auch zunehmend die Vielfalt sexueller Identität in den Blick kommt.

Frankl, Viktor Emil (1905–1997) war ein österreichischer Neurologe und Psychiater. In seinem Buch »Trotzdem Ja zum Leben sagen. Ein Psychologe erlebt das Konzentrationslager« (1946) erzählt Frankl von seinen Erfahrungen in vier verschiedenen Konzentrationslagern, darunter Auschwitz.

Freikirchen: Die Freikirchen gehen wie die lutherische und die reformierte Kirche auf die Reformation zurück. Ihr Name bringt einen wichtigen Aspekt ihres Selbstverständnisses zum Ausdruck: Ihnen ist wichtig, dass sie nicht an die Strukturen des Staates gebunden sind und sie lassen daher auch nicht über den Staat Kirchensteuern einziehen. Stattdessen finanzieren sie sich aus Spenden. Die einzelnen Freikirchen unterscheiden sich bezüglich ihrer Auffassungen vom christlichen Glauben recht stark. Viele betonen die Bedeutung eines missionarischen Engagements. Einige sind sehr konservativ und haben strenge Moralvorstellungen; mitunter finden sich auch fundamentalistische Überzeugungen. Zu den Freikirchen gehört u. a. die Angehörigen der Pfingstkirche, Baptisten und Mennoniten.

Gottes Sohn: Mit dieser aus dem Glaubensbekenntnis vertrauten Bezeichnung Jesu ist zunächst nicht eine biologische Abstammung gemeint, sondern im Sinne der jüdischen Tradition eher eine besonders enge Zugehörigkeit: Gott und Jesus gehören zusammen. Jesus selbst hat diesen Titel für sich nicht beansprucht, wenn er auch Gott vertrauensvoll als → »Abba« (Vater) anspricht. Er wollte jedoch alle Menschen einladen, sich als Kinder Gottes zu verstehen (»Vater unser«). Erst nach Ostern wurde der Titel von den frühen Christ*innen exklusiv auf ihn bezogen. Im Zuge der Ausbreitung des Christentums in der griechisch-römischen Welt (wo man Göttersöhne von alters her kannte, vgl. die Geschichten von Zeus) wurde Jesu Gottessohnschaft mehr und mehr im Sinne einer besonderen Abstammung (Jungfrauengeburt) verstanden.

Gräb, Wilhelm (*1948) ist ein evangelischer Theologieprofessor, der sich u. a. mit der Frage nach der Religion in der gegenwärtigen Kultur beschäftigt.

Herr: In jüdischer Tradition tritt dieser Titel häufig an die Stelle des unaussprechlichen Gottesnamens JHWH. Im griechisch-römischen Kulturkreis gilt »Herr« (*kyrios*) als Herrschertitel. Von allen Namen und Titeln, die man Jesus gegeben hat, drückt dieser also am stärksten aus, dass Jesus als Gott verehrt wird. »Herr« ist Jesus Christus allerdings in dem Sinne, dass er auf seine Macht verzichtet und sich nach »ganz unten« begeben hat.

Hiob: Das Buch Hiob (auch: Ijob) gehört zur alttestamentlichen Weisheitsliteratur. Es besteht aus einer Prosa-Rahmenerzählung – der Legende vom frommen

Lexikon

Hiob, der trotz schwerster Schicksalsschläge an Gott festhält – und einem in Versen gestalteten dialogischen Mittelteil. Darin klagt Hiob über sein Leid und wird zunehmend zum Ankläger Gottes. Seine Freunde versuchen vergeblich, ihn zurechtzuweisen. Schließlich ergreift Gott selbst das Wort. Der Rahmen des Hiobbuchs enthält Motive, die in sehr frühe Zeit zurückweisen, und geht möglicherweise auf mündliche Vorformen zurück. Der kunstvolle Dialog und das gesamte Werk in seiner Endgestalt dürften nach dem → Babylonischen Exil entstanden sein (5.–2. Jh. v. Chr.). Kaum ein anderes Buch der Bibel stellt so radikal die Frage nach der Gerechtigkeit Gottes angesichts des Leidens Unschuldiger. Es wurde zur Inspirationsquelle für zahlreiche theologische, philosophische und künstlerische Deutungen und Bearbeitungen bis heute.

Ismael ist nach den Erzählungen im ersten Buch Mose der Sohn von Abraham und Hagar, einer ägyptischen Sklavin. Weil Abrahams Frau Sara zunächst keine eigenen Kinder bekam, gebar Hagar Abraham einen Nachkommen an Saras statt (vgl. 1 Mose 16), Ismael. Später, als Sara selbst Isaak geboren hatte, wurde Hagar mit Ismael von Abraham ausgesetzt. Gott verhieß Hagar für ihren Sohn eine große Nachkommenschaft. Ismael gilt den Muslimen als Ahnherr.

Karma: Der Begriff stammt aus der fernöstlichen Religiosität und beschreibt das Gesetz von Ursache und Wirkung. Alles, was ein Mensch tut, denkt oder fühlt, hat Folgen. Ob ein Mensch gutes oder schlechtes Karma gesammelt hat, wirkt sich nach hinduistischer und buddhistischer Auffassung auf sein nächstes Leben aus. Höchstes Ziel ist dabei, so zu leben, dass Befreiung aus dem Kreislauf der ewigen Wiedergeburt erreicht wird.

Käßmann, Margot (*1958), Pfarrerin, Autorin zahlreicher theologischer Bücher. Sie war Landesbischöfin der Evangelisch-Lutherischen Landeskirche Hannovers (1999–2010) und Ratsvorsitzende der EKD (2009–2010).

Kirchentag: Alle zwei Jahre findet sowohl auf evangelischer als auch auf katholischer Seite eine Großveranstaltung statt, auf der sich (nicht nur) Christinnen und Christen aus ganz Deutschland und darüber hinaus treffen. Sie informieren sich und diskutieren über Fragen des Glaubens und der Religion sowie über aktuelle politische Themen wie z. B. Umweltschutz und gerechte Wirtschaftsordnung – und es wird viel gesungen und gefeiert. Seit 2003 gibt es auch Ökumenische Kirchentage (ÖKT) (2003 in Berlin, 2010 in München, 2021 in Frankfurt am Main).

Kirchenwahl: In der evangelischen Kirche werden im Rahmen von »Kirchenwahlen« (z. B. Kirchenvorstandswahl) Gremien und Leitungspositionen demokratisch gewählt (vgl. → S. 55). Während der Zeit des Nationalsozialismus und der Auseinandersetzung um die politische Ausrichtung der evangelischen Kirche waren die Kirchenwahlen aber auch eine politische Wahl. 1933 setzte sich mit den »Deutschen Christen« mit großer Mehrheit die Partei durch, für die Hitler Position bezog.

Konzil (lat.: Versammlung) nennt man in der Alten Kirche und nach der Reformation in der katholischen Kirche eine Bischofskonferenz, die über Fragen des Glaubens und der Lehre berät und verbindliche Entscheidungen trifft. Wichtige Konzilien der Alten Kirche, die von den damaligen Kaisern einberufen wurden, waren diejenigen von Nizäa und Konstantinopel (325 und 381), in denen Fragen der Dreieinigkeit Gottes entschieden wurden, sowie das Konzil von Chalcedon (451), bei dem es um die doppelte Natur Jesu Christi als Mensch und Gott ging.

Körperschaft des öffentlichen Rechts ist eine Bezeichnung für eine Einrichtung oder Organisation, die als juristische Personen des öffentlichen Rechts für den Staat Aufgaben übernehmen, wie z. B. Hochschulen, öffentlich-rechtliche Rundfunkanstalten oder Handwerkskammern. Als juristische Person hat sie Rechte und Pflichten. Auch Religionsgemeinschaften können einen solchen Status verliehen bekommen, wenn sie für den weltanschaulich neutralen Staat Aufgaben übernehmen.

Landeskirche: Im Augsburger Religionsfrieden wurde 1555 festgehalten: »Wessen Land, dessen Religion«, auf Latein: *cuius regio eius religio*. Daher waren die Landesfürsten gleichzeitig auch die Bischöfe der Kirche in ihren Landen, so entstanden die »Landeskirchen«. Heute gibt es in Deutschland zwanzig Landeskirchen. Ihre Grenzen entsprechen weitgehend den Landesgrenzen von 1918, wobei sich immer wieder mehrere Landeskirchen zu einer größeren zusammenschlossen. Landeskirchen sind selbständige kirchliche Körperschaften.

Marti, Kurt (1921–2017) war ein Schweizer Pfarrer und Schriftsteller. Er veröffentlichte u. a. Gedichte, Predigten und Aufsätze und engagierte sich für Frieden und soziale Gerechtigkeit. Einige seiner Gedichte wurden vertont und werden im Gottesdienst gesungen.

Martyrium (griech.: Zeugnis, Beweis): Von einem Martyrium spricht man, wenn Menschen um ihres Glaubens willen verfolgt werden oder den Tod erleiden. Solche Menschen nennt man Märtyrer. Darüber hinaus werden auch Menschen »Märtyrer« genannt, die wegen ihrer (z. B. politischen) Überzeugung verfolgt und umgebracht werden. Der Märtyrerbegriff wird missbraucht, wenn damit Gewalt gegen Andersdenkende gerechtfertigt werden soll (z. B. im Fall von terroristischen Selbstmordattentaten).

Menschensohn bezeichnet im Aramäischen, der Sprache Jesu, zunächst einfach einen Menschen. Jesus hat vermutlich von sich selbst als »Menschensohn« gesprochen und damit seine Menschlichkeit betont. Der Titel kommt aber auch in einigen jüdischen Visionen des Weltendes (Apokalypsen) vor; erstmals in Dan 7,13 wird ein himmlischer »Menschensohn« als Weltenrichter erwähnt. Auch diese Bedeutung scheint in der Verwendung des Menschensohn-Titels für Jesus durch.

Metapher nennt man ein Sprachbild, das einen Sachverhalt veranschaulicht und verdeutlicht. In der religiösen Sprache spielen Metaphern eine wichtige Rolle. Wo die herkömmliche Sprache an ihre Grenzen kommt, etwa beim Reden über Gott oder über religiöse Erfahrung, da können Metaphern Vorstellungen wecken und zu Deutungen anregen.

Methodisten sind Mitglieder einer → Freikirche, die auf den → anglikanischen Geistlichen John Wesley (1703–1791) zurückgeht. Er verfolgte, gemeinsam mit seinem Bruder Charles, das Ziel, das spirituelle Leben der Kirche von England zu intensivieren und lebendiger zu gestalten. Ihre Bemühungen führten schließlich zur Entstehung einer separaten Kirche. Sie glauben an das Priestertum aller Gläubigen und setzen sich für die persönliche und gesellschaftliche Heiligung und für soziales Engagement ein.

Mission EineWelt ist das Zentrum für Partnerschaft, Entwicklung und Mission der Evangelisch-Lutherischen Kirche in Bayern. Es pflegt Beziehungen zu lutherischen Partnerkirchen in Afrika, Asien, Lateinamerika und dem Pazifik und nimmt einen entwicklungspolitischen Bildungsauftrag in Deutschland wahr. Im Rahmen von Kooperationen auf landeskirchlicher Ebene bestehen Verbindungen zu weiteren Kirchen in Nordamerika, Osteuropa und Skandinavien.

Osteogenesis imperfecta: Diese umgangssprachlich als »Glasknochenkrankheit« bezeichnete erbliche Behinderung äußert sich u. a. in sehr häufigen Knochenbrüchen und Deformierungen des Skeletts.

PID ist die Abkürzung für Präimplantationsdiagnostik. Darunter versteht man die genetische Untersuchung von Zellen eines Embryos, der durch künstliche Befruchtung gezeugt wurde, in vitro (im Reagenzglas), bevor er in die Gebärmutter eingepflanzt wird. Dem Embryo werden Zellen entnommen, mithilfe derer man erkennen kann, ob z. B. Chromosomenstörungen oder genetische Erkrankungen vorliegen. Das Embryonenschutzgesetz erlaubt PID nur an pluripotenten Zellen des Embryos, das heißt an solchen Zellen, die sich nicht mehr zu einem Individuum entwickeln können.

Pietismus (lat. *pietas*: Frömmigkeit): Der Pietismus ist eine wichtige Erneuerungsbewegung innerhalb der evangelischen Kirche. Er begann Ende des 17. Jahrhunderts und setzte sich für eine lebendige Glaubenserfahrung, praktische Frömmigkeit, Abkehr von der Welt und die aktive Mitarbeit der Laien ein. Die heutigen Formen des Pietismus werden meist dem evangelikalen Bereich zugeordnet.

Polytheismus (griech. *poly:* viel; *theos*: Gott) nennt man man die Verehrung mehrerer Gottheiten, z. B. in den meisten antiken Religionen, aber auch im gegenwärtigen Hinduismus. Auch in der altorientalischen Umwelt Israels verehrte man Göttinnen und Götter. Sie verkörperten Kräfte der Natur und repräsentierten vielfältige Aspekte des Lebens wie Liebe, Gesundheit, Kunst, Kampf usw.

Rechtfertigungslehre: Martin Luthers v. a. aus dem Römerbrief des Paulus gewonnene reformatorische Entdeckung, dass unser Heil nicht von guten Werken abhängt, sondern allein von unserem Glauben an Jesus Christus, der uns aus Gnade gerecht spricht, wird Rechtfertigungslehre/Rechtfertigungsglaube genannt. Der Mensch kann also nicht aus sich selbst heraus Gott »recht« werden: Er wird vielmehr ohne Vorbedingungen als Gotteskind angesehen. So können sich die Menschen ohne Angst anderen zuwenden und etwas von ihrer Freude und Dankbarkeit weitergeben.

Reformatorische Grundeinsichten: Martin Luther fasste in vier prägnanten Formulierungen zusammen, was aus evangelischer Sicht für den Glauben wichtig ist: Nicht aufgrund guter Werke und eigener Leistungen, **sondern allein aus Glauben, allein durch Christus** und **allein aus Gnade** wird dem Menschen von Gott das Heil geschenkt. Nicht der Papst oder kirchliche Amtsträger sind Autoritäten in Glaubensdingen, sondern **allein die Heilige Schrift**.

Segen: Wenn Gott zu Abraham in 1 Mose 12,2 sagt: »Ich will dich segnen und du sollst ein Segen sein«, verspricht er ihm damit ein erfülltes Leben und sagt ihm Begleitung und Hilfe zu. Zugleich ermutigt er ihn, für andere »ein Segen« zu sein, ihnen gut zu tun, Gottes Zuwendung weiterzugeben. Gesegnet sein bedeutet: von Gott beschenkt, bestärkt und freundlich angesehen zu werden. Christ*innen bitten Gott um seinen Segen oder sprechen ihn einander zu, oft verbunden mit einer Geste wie dem Handauflegen oder dem Kreuzzeichen. An Ende des Gottesdienstes spricht der Pfarrer oder die Pfarrerin den Segen, der die Teilnehmenden in den Alltag begleiten soll. Aber nicht nur Pfarrer*innen, sondern jede*r Christ*in kann und darf segnen. Eine besondere Rolle spielt der Segen bei wichtigen Übergängen im Leben: bei Festen wie Taufe, Konfirmation, Hochzeit, Beerdigung, aber auch am Anfang und Ende der Schulzeit oder einfach vor einer Reise. Der älteste Segenstext stammt aus 4 Mose 6,24 ff., daneben gibt es viele neuere Segenssprüche.

Selektion (lat.) bedeutet Auswahl, Aussonderung. In der Evolutionstheorie bezeichnet man damit die natürliche Auslese und Weiterentwicklung durch Überleben der jeweils stärksten Individuen einer Art. Im historischen Zusammenhang wird als »Selektion« auch die grausame »Aussortierung« von KZ-Häftlingen, Zwangsarbeitern und Deportierten im Nationalsozialismus beschrieben. Wer nicht arbeitsfähig war, z. B. alte und kranke Menschen oder Kinder, wurde ermordet.

Sieben Wochen ohne heißt eine Fastenaktion der Evangelischen Kirche in Deutschland, die jedes Jahr in der Passionszeit stattfindet. Das Fasten bezieht sich dabei nicht auf Essen und Trinken, sondern es wird jedes Jahr eine Anregung gegeben, wie man auf schädliche Gewohnheiten oder eingefahrene Verhaltensweisen verzichten könnte.

Sinnforschung: Im Rahmen der Psychologie beschäftigen sich Sinnforscher*innen mit der Frage, wie man den Sinn des Lebens definieren und erforschen kann und wie man das Erleben von Sinn verstärken kann. Sie arbeiten dabei z. B. mit Interviews oder Fragebögen.

Spätabtreibung: Nach § 218 a (2) ist es in Deutschland straffrei, eine Schwangerschaft bis zum Beginn der Geburt zu beenden, vorausgesetzt, ihre Fortführung würde jetzt oder in Zukunft das Leben der Mutter gefährden oder ihre körperliche oder seelische Gesundheit unzumutbar beeinträchtigen. Dies wird als medizinische Indikation bezeichnet. Eine Behinderung des Kindes ist also kein ausreichender Grund für einen Schwangerschaftsabbruch, sondern es geht allein um den Schutz der Mutter. Bis zur ca. 22. Schwangerschaftswoche wird bei einem Abbruch die Geburt mit Medikamenten eingeleitet, sodass das (noch nicht überlebensfähige) Kind bei der Geburt stirbt. Ab ca. der 22. Woche ist das Kind überlebensfähig. Es wird dann durch eine Injektion mit Kaliumchlorid getötet, bevor die Geburt eingeleitet wird. Vor einem solchen Schwangerschaftsabbruch sind eine Beratung und eine Bedenkzeit von drei Tagen gesetzlich vorgeschrieben.

Spirituals nennt man die Lieder der schwarzen Sklaven Amerikas; darin gaben sie ihrer Sehnsucht nach Freiheit Ausdruck. Aus den Spirituals entwickelten sich Anfang des 20. Jahrhunderts die »black gospels«, die oft von einer Jazzband begleitet wurden. Gospelchöre gibt es heute auch bei uns in vielen Gemeinden.

Talmud: Der mehrere tausend Seiten umfassende Talmud ist die zweite für das Judentum maßgebliche Grundlage neben der Hebräischen Bibel. Er besteht aus der *Mischna* (der grundlegenden Sammlung der mündlichen Tora) und der *Gemara* (Erläuterungen und Ergänzungen dazu). Er enthält einerseits Diskussionen zu Gesetzen und ethischen Fragen (*Halacha*), andererseits erzählende Texte (*Haggada*).

Trisomie 21 → Downsyndrom

Verschwörungstheorien (auch: Verschwörungsmythen oder -erzählungen): Anhänger von Verschwörungstheorien führen besondere gesellschaftliche oder politische Ereignisse in der Welt auf Verschwörungen z. B. feindlicher Mächte oder geheimer Organisationen zurück. Häufig gebrauchen sie dabei antisemitische Denkmuster. Sie misstrauen den offiziellen Darstellungen der Medien genauso wie den Wissenschaften. Ihre Welt ist klar in Gut und Böse geteilt; besonders in Krisenzeiten bieten Verschwörungstheorien (allzu) einfache Orientierung. Das Internet ermöglicht ihre massenhafte Verbreitung.

Yolo ist ein Kunstwort aus den Anfangsbuchstaben von »You only live once« (Du lebst nur einmal).

Wordcloud: Mit einer Wordcloud (engl.: Wortwolke) kann man die Wörter eines Textes so darstellen, dass deutlich wird, welche mehr oder weniger häufig vorkommen. Dadurch werden wichtige Begriffe und Sachverhalte unmittelbar sichtbar. Mithilfe von entsprechenden Apps kann man Wordclouds erstellen und grafisch vielfältig gestalten. Damit die Cloud nicht zu unübersichtlich wird, empfiehlt es sich, »Stoppwörter« (Artikel, Präpositionen etc.) zu entfernen und die Begriffe grammatisch zu vereinheitlichen.

Quellenverzeichnis

Bilder

S. 4, S. 5: »Webcollage«, Michael Gassner, 12. Klasse, Hegel-Gymnasium, Stuttgart, Aktion »Mein Gottesbild« an Schulen der Diözese Rottenburg-Stuttgart, 2003/2004
S. 4, S. 33: Martin Brockhoff, Werther
S. 4, S. 51: Claus-Philipp Zahn, München
S. 4, S. 71 Würfel: © paulzhuk/Adobe Stock.com
S. 6: Thomas Plaßmann, Essen
S. 7 u.: Das Bild stammt aus der Rostocker Langzeitstudie von Anna-Katharina Szagun. Abgedruckt in: Religiöse Heimaten, Beiheft. edition Paiedeia, Garamond Verlag, 2008
S. 8 l.: Herbert Liebhart, Studio Liebhart + Verlag, München, r.: © Vectors Market/Adobe Stock.com
S. 9: EKT/Wikipedia
S. 10: picture alliance/dpa/Malte Christians
S. 11: Carola Faller-Barris, Waiting for God, 2004. © VG Bild-Kunst, Bonn 2021
S. 12: Motiv 2 »Mirjam – Schwester und Prophetin« aus dem Misereor-Hungertuch. Biblische Frauengestalten – Wegweiser zum Reich Gottes von Lucy D'Souza © MVG Medienproduktion, Aachen 1990
S. 13 o.: Brain light/Alamy Stock Foto, u.: picture-alliance/dpa/Horst Ossinger
S. 14 o.l.: © pololia/Adobe Stock.com, o.r.: © freeograph/Adobe Stock.com, M.l.: © Wayhome Studio/Adobe Stock.com, M.r.: © o_lypa/Adobe Stock.com, u.l.: © Elnur/Adobe Stock.com, u.r.: © Jacob Lund/Adobe Stock.com
S. 15: Ursula Beiler, A-Silz
S. 16: Carla Augsburger, God is a DJ, CENA-Projekt by Jean-Claude Salvi, Athénée de Luxembourg, 2008
S. 17: Cäcilie Schlapper, A-Walchsee
S. 18: Ferdinand Kreuzer, »Kreuzkrippe«, Installation 2006, Material: Holz, Tücher, Fotografie, Rechte beim Künstler
S. 19: www-spreadshirt.de
S. 21: Thomas Plaßmann, Essen
S. 22 o.: Sammlungen BIBEL + ORIENT der Universität Freiburg Schweiz VFig 1998.3, u.: akg-images/Andrea Jemolo
S. 23 l.: Trinität, Unbekannter Künstler 1450. Szépművészeti Múzeum, Museum of Fine Arts, 2022, r.: Didgeman/pixabay.com
S. 24: Frank Speth – norddt. Künstler, Quickborn
S. 25: Ludwig-Feuerbach-Gesellschaft e.V. Helmut Walther
S. 26: Reuters/Christian Hartmann
S. 27: Joel Kauffmann, Rechte bei den Erben
S. 28: Vorhang: Simon Schmidt, München, o.l.: William Blake, Satan smiting Job with Boils/Yale Center for British Art, Paul Mellon Collection, USA/Paul Mellon Collection/Bridgeman, o.r.: Wikipedia, u.l.: Classic image/Alamy Stock Foto, u.r.: The Picture Art Collection/Alamy Stock Foto
S. 29: Skulptur: Norbert Thiesing, Foto: Christian Gensheimer
S. 30: Marc Chagall, Hiob, 1960. © VG Bild-Kunst, Bonn 2021
S. 31: The Bridgeman Art Library
S. 32: Stephen Barnes/Religion / Alamy Stock Foto
S. 33: Martin Brockhoff, Werther
S. 35: Jan Tomaschoff/toonpool.com
S. 36: Hände: © Photographee.eu/Adobe Stock.com, Bergsteiger: © Salienko Evgenii/Shutterstock.com, Strand: © Robert Kneschke/Adobe Stock.com, Meditation: © Luna Vandoorne/Shutterstock.com
S. 37 l.: Jugendstiftung Baden-Württemberg, Sersheim, r.o.: © Svetlana/Adobe Stock, r. M.: Bel_2020/Shutterstock.com, r.u.: © Stockfotos-MG/Adobe Stock.com
S. 38: Thomas Plaßmann, Essen
S. 39: Sarah Hähnle Fotografie, Mannheim
S. 40: picture alliance/dpa/Sina Schuldt
S. 41: Christian Michelides/Wikipedia
S. 42 o.: Keystone/Christoph Ruckstuhl, u.: IMAGO/Bernd Friedel
S. 43: Daniel Rudolf/Alamy Stock Foto
S. 44 o.: picture alliance/ROLAND SCHLAGER/APA/picturedesk.com, u.: picture-alliance/dpa/dpa-Zentralbild/Stefan Sauer
S. 45: B Christopher/Alamy Stock Foto
S. 46: Bridget Catterall/Alamy Stock Foto
S. 47: Podcast Hossa Talk, www.hossa-talk.de
S. 48: Ludwigsgymnasium, Köthen (Anhalt)
S. 49: Evangelische Landeskirche in Baden, Karlsruhe
S. 50: Panther Media GmbH/Alamy Stock Foto
S. 51: Claus-Philipp Zahn, München
S. 52 o.l.: © DragonImages/Adobe Stock.com, M.l.: © Win/Adobe Stock.com, u.l.: © epd-bild/Jörg Stipke, r.: Michaela und Martin Kugler
S. 53: nach Grafik, aus: Martin Hoffmann/Hans-Ulrich Pschierer, Reich Gottes im Werden. Modell einer auftragsorientierten Gemeindeentwicklung, eva Leipzig 2009, S. 111
S. 54 o.: Evangelisch-Lutherische Kirche in Bayern, u.: Vesperkirche/ELKB/Foto: Thomas K. Meisner
S. 55: EKD/Wikipedia
S. 56 Foto: unbekannt/Evangelisches Gemeindearchiv Köln, r.: Das Bundesarchiv, Koblenz
S. 57: © Deutsches Historisches Museum, Berlin
S. 58: Barbara Herfurth, Wuppertal
S. 59 o.l.: © Deutsches Historisches Museum, Berlin, u.l.: Deutsche Bundespost/Wikipedia, r.: © Deutsches Historisches Museum, Berlin
S. 60 o.: Eric Till, Die letzte Stufe, NFP teleart/Norflicks Productions Ltd. Kanada, M.: http://www.predigten.uni-goettingen.de/archiv-8/bonhoeffer-faksimile.jpg/Wikipedia, u.l.: Werner Milstein, Einen Platz in der Welt haben. Dietrich Bonhoeffer entdecken. Gütersloher Verlagshaus in der Penguin Random House Verlagsgruppe GmbH, 2020, u.M.: Alois Prinz, Dietrich Bonhoeffer: Sei frei und handle!. Insel Verlag, Frankfurt 2020, u.r.: Renate Wind, Dem Rad in die Speichen fallen. Die Lebensgeschichte des Dietrich Bonhoeffer. Verlag Beltz & Gelberg, Weinheim
S. 61: Julo/Wikipedia
S. 62 Foto: Axel Hindemith/Wikipedia
S. 63: ekd.de, Foto; Basti Arlt, München
S. 64 o.: Christoph Püschner/Brot für die Welt, Berlin, u.: Brot für die Welt, Berlin
S. 65: Michaela Kugler
S. 66: Evangelische Kirche in Deutschland (EKD)/ Gestaltung gobasil.com
S. 67 l.: Expeditionen ins Leben. Entdecken, was wirklich zählt. Verlag Vandenhoeck & Ruprecht, Göttingen 2018, r.: Foto: Ute Baumann, Design: petitio.de
S. 68 Foto: Günter Lechner
S. 69: Dr. Jörn Budde, Umweltbüro der EKBO
S. 70: Mission Eine Welt, Neuendettelsau
S. 71: Würfel © paulzhuk /Adobe Stock.com
S. 72: Benjamin Harte/Ikom Images/akg-images
S. 73: K fotos/Adobe Stock.com
S. 74: Bildagentur-online/Schoening/Alamy Stock Foto
S. 75: Grafik: Lisa Straub, aus: Verteilheft: Vergnügt • erlöst • befreit; Hg. Manfred Zoll, Kirche Unterwegs, Weissach im Tal
S. 76: Imago/Manngold
S. 77: SINUS-Institut, Heidelberg
S. 78 o.: Alexander Brückner, islieb-Comics, Berlin, u.: picture-alliance/dpa/Marcus Führer
S. 79: Christof Stache/AFP
S. 80 Foto: ÖKT/Bongard
S. 81: Der Ferne Nächste/Brot für die Welt Österreich
S. 82: Stocksnapper/Dreamstime.com
S. 83 l.: Christoph Püschner/Brot für die Welt, Berlin, r.: Fairtrade

Quellenverzeichnis

Deutschland e. V., Köln, Grüner Knopf: Das staatliche Label wurde durch das Bundesministerium für wirtschaftliche Zusammenarbeit und Entwicklung in Zusammenarbeit mit der Deutschen Gesellschaft für Internationale Zusammenarbeit entwickelt, Fair Wear Foundation, Amsterdam, Global Organic Textile, Global Organic Textile Standard International Working Group, Kampagne für saubere Kleidung, c/o Amt für MÖWe 44135 Dortmund

S. 84: Mark Craemer, New York, aus dem Film »Blood in the Mobile«

S. 85: aus dem Film »Welcome to Sodom – Dein Smartphone ist schon hier«, Camino Filmverleih/Blackbox Film & Medienproduktion GmbH

S. 86/87: Bilder aus dem Film: 24 Wochen von Anne Zohra Berrached, 2016. Neue Visionen Filmverleih GmbH, Berlin

S. 88: © Mikael Damkier/Adobe Stock.com

S. 89: Diakonie Deutschland, Berlin

S. 90 Foto: Conny Wenk, Rechte: Neufeld Verlag, Cuxhaven, www.neufeld-verlag.de

S. 91 l.: picture-alliance/dpa/Stefan Kiefer, r.: Natalie Dedreux, Bonn

S. 92: CHRISMON, Das evangelische Magazin, Frankfurt am Main, Foto: Jan von Holleben

S. 93: CHRISMON, Das evangelische Magazin, Frankfurt am Main, Foto: Paula Winkler

S. 94: Panther Media GmbH/Alamy Stock Foto

S. 96: © kanpisut/Adobe Stock

Texte

S. 6: Jugendliche schreiben über ihre Vorstellungen von Gott, aus: Annika Stahl, Wie entsteht der Glaube im Menschen? Eine Untersuchung der persönlichen Vorstellungen von SchülerInnen der 9. Jahrgangsstufe. Beiträge zur Kinder- und Jugendtheologie, Band 22. Herausgegeben von Prof. Dr. Petra Freudenberger-Lötz. Institut für Evangelische Theologie an der Universität Kassel, 2013, https://www.uni-kassel.de/upress/online/frei/978-3-86219-462-9.volltext.frei.pdf

S. 8 nach: Christoph Bizer, Elementarizität und Individualität. Der Ansatz zu einer elementaren Theologie. In: Kirchgänge im Unterricht und anderswo. Verlag Vandenhoeck & Ruprecht GmbH & Co. KG, Göttingen 1995, S. 51–68

S. 10 aus: Max Frisch, Stiller. Suhrkamp Verlag, Frankfurt, Suhrkamp TB 105, 1974, S. 150

S. 13: Thomas Broch, aus einer Rundfunkandacht, SWR, 14. Oktober 2009, https://www.kirche-im-swr.de/?page=beitraege&id=6936, Rundfunkarbeit der Kirchen am SWR, Stuttgart

S. 15: Friederike Stockmann-Köckert, Vision (gekürzt), aus: Sybille Frisch (Hrsg.), Von Schönheit und Schmerz. Gebete und Poesie von Frauen aus aller Welt. Gütersloher Verlagshaus, Gütersloh 1991, GTB 533, S. 58 f.

S. 18: Heinrich Bedford-Strohm, https://www.ekd.de/bedford-strohm-heidelberger-disputation-flugschrift-reformation-39069.htm, Evangelische Kirche in Deutschland (EKD), Hannover, Kurt Marti, Heilige Vergänglichkeit. Spätsätze, Radius Verlag, Stuttgart 2010, Schülerzitate, aus: Tobias Zieler, Jesusbilder Jugendlicher – in elementarisierender Perspektive, in: Friedrich Schweitzer, Elementarisierung im Religionsunterricht: Erfahrungen, Perspektiven, Beispiele, S. 172 f. Verlag Vandenhoeck & Ruprecht, Göttingen 2007

S. 21: Kasmi Segabalusa, Wolfsburg, Rechte bei der Autorin, Fulbert Steffensky, Das Haus, das die Träume verwaltet, S. 57 f. Echter Verlag, Würzburg 1999

S. 25: Dietrich Bonhoeffer, Widerstand und Ergebung. Gütersloher Verlagshaus, Gütersloh

S. 26: Christoph Schlingensief, So schön wie hier kanns im Himmel gar nicht sein! Tagebuch einer Krebserkrankung. Btb Verlag, Köln 2009, btb 74070, S. 51–56, stark gekürzt, Schülerzitate, aus: Karina Möller, Persönliche Gottesvorstellungen junger Erwachsener. Empirische Erkundungen in der Sekundarstufe II im Großraum Kassel. Beiträge zur Kinder- und Jugendtheologie. Hrsg. von Prof. Dr. Petra Freudenberger-Lötz. University Press, Kassel 2010, 1: S. 133, 2: S. 12

S. 27: Bernd Beuscher, Tacheles glauben. Christliche Klischees auf dem Prüfstand. Neukirchener-Verlagsgesellschaft mbH, Neukirchen-Vluyn 2014

S. 30: Elie Wiesel, Hiob oder das revolutionäre Schweigen, in: Adam oder das Geheimnis des Anfangs. Brüderliche Urgestalten. Herder Verlag, Freiburg, 5. Aufl. 1987, S. 228–230, gekürzt, Jürgen Ebach, Hiobs Klage, in: Klara Butting (Hrsg.), Hiob. EREV-RAV Verlag, S. 38–51, leicht bearbeitet, Jean-Baptiste Metz, Kirche nach Auschwitz. Herder Verlag, Freiburg

S. 31: Interview mit Nikolaus Schneider, https://www.ekir.de/www/mobile/service/4256.php, Evangelische Kirche im Rheinland, Düsseldorf, Fulbert Steffensky: Rechte beim Autor

S. 34: Benjamin Lebert, Crazy. Verlag Kiepenheuer & Witsch, Köln 2019

S. 35: Wilhelm Gräb, Sinnfragen: Transformationen des Religiösen in der modernen Kultur. Gütersloher Verlagshaus, Gütersloh 2006

S. 36: Interview mit Tatjana Schnell, https://www.meinekirchenzeitung.at/wien-noe-ost-der-sonntag/c-gesellschaft-soziales/auf-der-suche-nach-dem-lebenssinn_a8378, Der Sonntag, Wien

S. 38: Bernd Beuscher, Tacheles glauben. Christliche Klischees auf dem Prüfstand. Neukirchener-Verlagsgesellschaft mbH, Neukirchen-Vluyn 2014, S. 12 f.

S. 41: Juri Auel, https://www.sueddeutsche.de/leben/zeugen-jehovas-schon-wenn-ihr-mich-mustert-ist-das-ein-erfolg-1.3689191, Süddeutsche Zeitung GmbH, München, Tipps der EZW, https://www.ezw-berlin.de/downloads/Flyer_Kompakt-Information_Jehovas_Zeugen.pdf, Evangelische Zentralstelle für Weltanschauungsfragen (EZW), Berlin

S. 42: Melanie Reinsch, https://archiv.berliner-zeitung.de/berlin/esoterikmesse--spiritualitaet---heilen--in-berlin-das-grosse-geschaeft-mit-der-esoterik-2669582, Berliner Zeitung

S. 43: Rudolf Steiner (Zitat und Gebet), https://www.waldorf-ideen-pool.de/Schule/uebergreifend/rhythmischer-teil/gedichte/mittelstufengedichte/Der-Morgenspruch/Der-Morgenspruch-fuer-die-Klassen-5-12, GbR Waldorf-Ideen-Pool, Freiburg-Tiengen

S. 44: Interview mit Christoph Urban, https://www.katholisch.de/artikel/25546-warum-bestimmte-christliche-kreise-anfaellig-fuer-verschwoerungstheorien-sind, katholisch.de, Bonn

S. 45: Christlicher Fundamentalismus, https://ezw-berlin.de/downloads/EZW_Kurzinfo_Christlicher_Fundamentalismus_deutsch_Webversion.pdf, Evangelische Zentralstelle für Weltanschauungsfragen (EZW), Berlin, Chicagoerklärung, https://bibelbund.de/wp-content/uploads/2014/03/CHICAGO-Erkl%C3%A4rung.pdf, S. 10, Bibelbund e. V., Mettmann

S. 46: Anne Kampf, https://fragen.evangelisch.de/frage/4232/was-bedeutet-evangelikal, Julia Kopatzki, https://www.tagesspiegel.de/berlin/jesu-junge-juenger-wie-die-evangelikalen-berlin-erobern/22796874.html, evangelisch.de ist ein Portal des Gemeinschaftswerks der Evangelischen Publizistik (GEP) gGmbH, Frankfurt

S. 47: Lena Müssigmann, https://taz.de/Pietisten-WG-in-Stuttgart/!5202371/, taz Verlags u. Vertriebs GmbH, Berlin, »Fromm im Netz« gekürzt aus: https://www.br.de/radio/bayern2/sendungen/evangelische-perspektiven/evangelische-perspektiven-358.html, Bayerischer Rundfunk, München

S. 48: Interview Heinrich Bedford-Strohm, https://www.km.bayern.de/epaper/Schule_und_Wir_Ausgabe_2_2015/files/assets/basic-html/page9.html, Bayerische Staatsministerium für Unterricht und Kultus, Redaktion »Schule & wir«, München

S. 50: Die Beschreibung zum Bild ist weitgehend aus rpi Loccum

Quellenverzeichnis

übernommen, https://www.rpi-loccum.de/material/pelikan/pel1-18/1-18_behr, Internetangebot des Religionspädagogischen Instituts Loccum der Evangelisch-lutherischen Landeskirche Hannovers

S. 54: Text Vesperkirche Nürnberg, http://vesperkirche-nuernberg.de/ueber-uns/, Vesperkirche Nürnberg-Lichtenhof, Selbstverständnis der ELKB, https://www.bayern-evangelisch.de/selbstverstaendnis.php, Evangelisch-Lutherische Kirche in Bayern, München

S. 55: Frank Muchlinsky, https://www.evangelisch.de/inhalte/113505/20-09-2012/die-struktur-der-evangelischen-kirche-deutschland-ekd, Evangelisch-Lutherische Kirche in Bayern, München

S. 56: Hugo Rönck, aus: Manfred Gailus/Hartmut Lehmann (Hg.), Nationalprotestantische Mentalitäten. Konturen, Entwicklungslinien und Umbrüche eines Weltbildes (Veröffentlichungen des Max-Planck-Instituts für Geschichte, Bd. 214), S. 392/393, Verlag Vandenhoeck & Ruprecht, Göttingen 2005, r.: Martin Greschat/Hans-Walter Krumwiede (Hrsg.), Kirchen- und Theologiegeschichte in Quellen, Das Zeitalter der Weltkriege und Revolutionen., S. 79. Neukirchener-Verlagsgesellschaft mbH, Neukirchen-Vluyn 1999

S. 57: Text aus der entjudeten Bibel: Oliver Arnhold, Hartmut Lenhard, Kirche ohne Juden. Christlicher Antisemitismus 1933–1945, S. 44/45. Verlag Vandenhoeck & Ruprecht, Göttingen 2015

S. 58: Botschaft Bekenntnissynode, aus: Martin Greschat/Hans-Walter Krumwiede (Hrsg.), Kirchen- und Theologiegeschichte in Quellen, Das Zeitalter der Weltkriege und Revolutionen, S. 114. Neukirchener-Verlagsgesellschaft mbH, Neukirchen-Vluyn 1999

S. 59: Eckart Wüster, https://www.bonn-evangelisch.de/mobile/aktuell/archiv-2012-wuester_mittagsgebet-1810.php, Kirchenkreis Bonn

S. 61: Text Filmszene, aus: Eric Till, Die letzte Stufe, NFP teleart/Norflicks Productions Ltd. Kanada

S. 62: Das rechte Wort zur rechten Zeit. Eine Denkschrift des Rates der EKD zum Öffentlichkeitsauftrag der Kirche. Gütersloher Verlagshaus, Gütersloh 2008, Zitat: https://www.ekd.de/demokratie-und-kirche-55562.htm, Evangelische Kirche in Deutschland (EKD), Hannover

S. 63: Winfried Bausback, aus einer Pressemitteilung des Bayerischen Staatsministeriums der Justiz, München

S. 64: Brot für die Welt, https://www.brot-fuer-die-welt.de/ueber-uns/, Brot für die Welt, Evangelisches Werk für Diakonie und Entwicklung e.V., Berlin

S. 65: Ralf Sander; Interview mit den Mitarbeitern der Tagesstätte: Michaela Kugler

S. 66: EKD (Hrsg.), Religiöse Bildung angesichts von Konfessionslosigkeit, Aufgaben und Chancen. Ein Grundlagentext der Kammer der EKD für Bildung und Erziehung, Kinder und Jugend, eva Leipzig 2020, S. 142, Klaus Stiegler in: Mittelbayerische Zeitung vom 4.3.2021, Isolde Stöcker-Gietl, So gehen Pfarrer mit den Austritten um. Mittelbayerische Zeitung GmbH, Regensburg, Kirche und Jugend. Lebenslagen Begegnungsfelder Perspektiven. Eine Handreichung des Rates der Evangelischen Kirche in Deutschland, Gütersloher Verlagshaus 2010, S. 9

S. 67: VELKD (Hrsg.), Expeditionen ins Leben: Entdecken, was wirklich zählt, Verlag Vandenhoeck & Ruprecht, Göttingen 2018, Infotext Kirchenpost: www.kirchenpost.net, Evangelisch Lutherische Kirche in Bayern

S. 68: Prüfungssegen.de, Evangelisches Jugendpfarramt und Evangelische Jugendkirche Stuttgart, Ulrike Wagner-Rau, https://www.pfarrverein- wuerttemberg.de/fileadmin/mediapool/einrichtungen/E_pfarrverein/Pfarrertag/Pfarrertag_Ulm/Vortrag_Wagner-Rau.pdf

S. 69: Interviews mit Maike und Pauline: Michaela Kugler

S. 75: Hanns Dieter Hüsch, Ich stehe unter Gottes Schutz: Psalmen für alle Tage. tvd-Verlag, Düsseldorf 2014

S. 76: Verantwortung, https://www.faz.net/aktuell/gesellschaft/menschen/erkundung-einer-floskel-was-bedeutet-verantwortung-heute-eigentlich-15332684.html, Frankfurter Allgemeine Zeitung GmbH

S. 77: Joachim Gauck, https://www.bundespraesident.de/SharedDocs/Reden/DE/Joachim-Gauck/Reden/2017/01/170120-Hanns-Seidel-Muenchen.html, Bundespräsidialamt, Bonn

S. 78: Ingrid Strobl, https://www.psychologie-heute.de/leben/artikel-detailansicht/38818-mitgefuehl.html, Verlagsgruppe Beltz Julius Beltz GmbH & Co. KG, Weinheim

S. 79: Heinrich Bedford-Strohm, Mitgefühl. Ein Plädoyer, Claudius Verlag, München 2016, S. 2–31 (gekürzt)

S. 81: Margot Käßmann, https://www.ekd.de/Margot-Kaessmann-Kanzelrede-Wittenberg-Allein-aus-Glauben-27681.htm (gekürzt), Evangelische Kirche in Deutschland (EKD), Hannover, Gebet: https://gebet.bayern-evangelisch.de/naechstenliebe-und-verantwortung.php, Evangelisch-Lutherische Kirche in Bayern

S. 82 nach: Mit Kindern neue Wege wagen. MIPS für Kids. Umweltbildung für das 21. Jahrhundert. Wuppertal Institut für Klima, Umwelt, Energie, https://wupperinst.org/uploads/tx_wupperinst/MIPS_fuer_Kids_Brosch.pdf

S. 84: Interview Frank Piasecki Poulsen, Interview Jörg Nowak, www.missio-hilft.de, missio – Internationales Katholisches Missionswerk e.V., Aachen

S. 85: Joachim Gärtner auf: https://www.daserste.de/information/wissen-kultur/ttt/sendung/ttt-23072018-welcome-to-sodom-100.html, DasErste.de

S. 86/87: Dialog aus dem Film: 24 Wochen von Anne Zohra Berrached, 2016. Neue Visionen Filmverleih GmbH, Berlin

S. 88: Begleitmaterial zum Film: Text aus dem Begleitmaterial zum Film »24 Wochen«

S. 89: Diakonie – Beratung bei vorgeburtlicher Diagnostik, www.praenataldiagnostik-beratung.de, Diakonisches Werk, Bonn, Gunda Schneider-Flume, Leben ist kostbar. Wider die Tyrannei des gelingenden Lebens. Verlag Vandenhoeck & Ruprecht GmbH & Co. KG, Göttingen 2008

S. 90: Birte Müller, https://m.tagesspiegel.de/diagnose-down-syndrom-abtreiben-oder-nicht-drei-leben-mit-der-entscheidung/25025472.html, Verlag Der Tagesspiegel GmbH, Berlin

S. 91: Peter Radtke, Behinderung und die Ideologie des Normalen, http://www.peter-radtke.de/artikel/normal.php, Dr. Peter Radtke, München

S. 93: Klaus Beckmann, Kainszeichen und Sündenstolz. ZeitZeichen 5/2012, zeitzeichen gGmbH, Berlin, Dietrich Bonhoeffer: Ethik, DBW Band 6, Seite 220. Gütersloher Verlagshaus, Gütersloh 1992

S. 94: Susanne Breit-Kessler, https://chrismon.evangelisch.de/blog/im-vertrauen/was-ist-eine-entschuldigung-wert-und-warum-faellt-sie-den-meisten-menschen-so-sc-0, Gemeinschaftswerks der Evangelischen Publizistik gGmbH (GEP), Frankfurt

S. 103 r.u.: Homepage Mission EineWelt, Neuendettelsau

Lieder

S. 38: Text: Ariane T. Müller/Julia Gamez Martin, Rechte: Suchtpotenzial GbR

S. 52: Text: Eugen Eckert, Rechte: Dehm Verlag, Limburg, www.dehm-verlag.de

S. 74: Text: Michael Kurth/Marius Müller-Westernhagen, Rechte: More Music Musikverlag GmbH, Hamburg/Hanseatic Musikverlag GmbH & Co. KG, Hamburg